Taõnea

partie 1 - Origines

Florian Corroyer

Taõnea

partie 1 - Origines

© *Florian Corroyer, 2023*
Édition : BoD – Books on Demand, info@bod.fr

Impression : BoD – Books on Demand, In de Tarpen 42,
Norderstedt (Allemagne)

Impression à la demande
ISBN : 978-2-3224-8053-1
Dépôt légal : juin 2023

À Nicolas.

Avant-propos

Les personnages et les situations de ce récit étant purement fictifs, toute ressemblance avec des personnes ou des situations existantes ne saurait être que fortuite et surtout sacrément hallucinante !

04:14

Mardi 14 septembre 2039, 04 :14.

Cloué au lit, le dos compressé sur le matelas, mes yeux étaient rivés sur le plafond. Les chiffres rouges projetés et dansant entre les pales transparentes du ventilateur étaient presque imprimés sur ma rétine.

04 :14.

Chaque matin depuis deux semaines, c'était la première chose que je voyais en ouvrant les yeux.
Immobile, les draps serrés entre mes doigts crispés et des gouttes de sueurs perlant sur mon front, j'étais comme hypnotisé par ces chiffres.

Une forte chaleur régnait en cette fin d'été 2039.

Depuis 2025, une canicule s'abattait chaque été sur la France. Cette nuit, la température était correcte : 38°C.

Pourtant, ce n'était pas l'atmosphère presque étouffante envahissant ma chambre qui provoquait mes récentes insomnies.

Depuis plusieurs mois, les maux de têtes s'amplifiaient, les trous de mémoire aussi. Jusqu'à maintenant, craignant la sentence des médecins et préférant ignorer la maladie, je n'avais jamais osé prendre rendez-vous.

Mais le 31 août dernier, lorsque mes yeux s'étaient ouverts à 04 :14, je ne savais plus qui j'étais, ni où je me trouvais. Complètement perdu et sans aucun repère, je m'étais laissé envahir par une angoisse grandissante.

Quelques secondes. Quelques minutes. Je n'avais aucune idée de la durée de cette crise. Mais lorsque j'avais réussi à émerger, ma décision était prise. L'après-midi même, un check-up complet m'attendait à l'hypercentre médical de l'agglopole de Rouen.

J'étais arrivé avec une quinzaine de minutes d'avance à mon rendez-vous. Le complexe médical ultramoderne avait été érigé en 2028 sur le même site que l'ancien centre hospitalier universitaire Charles Nicolle. Après de longues minutes d'errance dans un labyrinthe de corridors, j'avais enfin fini par trouver la réception du bâtiment alpha. En guise d'accueil, un simple dispositif de scanner rétinien. Après avoir approché mon visage du détecteur, un faisceau vert balaya mes yeux, puis une voix féminine de synthèse plutôt plaisante annonça par le haut-parleur :

— Monsieur Nicolas Lebaron, dossier 2039-160891, salle d'examens préliminaires alpha-02, emplacement 4.

Sur l'écran, le résultat de l'examen ophtalmologique effectué en parallèle de mon identification s'afficha : 10 dixièmes à chaque œil.
Parfait.

Je suivis les indications fournis par la voix et rejoignis la salle d'examens située à quelques mètres de là.
La pièce, d'un blanc éclatant, contenait une dizaine de sièges ressemblant à s'y méprendre à des cocons. Chacun d'entre eux étaient numérotés et j'aperçus l'emplacement 4 juste en face de moi.
La décoration était minimaliste et, étonnamment, l'endroit presque vide. Cela faisait bien longtemps que je n'avais pas mis les pieds dans un hypercentre médical et je ne me sentais pas vraiment à mon aise dans un

espace aussi épuré. Seules les caresses d'air frais provenant de la climatisation parvenaient à m'apaiser.

Les deux femmes déjà installées dans leur cocon ne prirent même pas la peine de lever les yeux sur moi, trop occupées à naviguer sur les tablettes tactiles laissées à disposition.

Je pris place, laissant la structure interne en mousse à mémoire de forme épouser aussitôt mon corps. Une fois confortablement installé, une musique douce et relaxante émergea des deux haut-parleurs situés de part et d'autre de ma tête. Puis, la même voix de synthèse qu'à la réception me transmis les instructions :

— Monsieur Lebaron, les examens préliminaires vont débuter. Veuillez apposer votre main sur le manoscanner afin que le système informatique de l'hypercentre démarre l'actualisation de votre dossier médical. Veillez à glisser votre index dans l'emplacement prévu pour le prélèvement sanguin.

La voix rassurante, la musique apaisante, le confort, tout ici était étudié pour détendre les patients. Le manoscanner pivota sur ma droite et je plaçai ma main sur l'empreinte moulée sur la tablette. J'insérai mon index dans la cavité puis un voyant vert apparut, indiquant le démarrage du téléchargement. La Micro-Puce

Médicale implantée dans ma paume contenait tout mon historique de santé et surveillait entre autres ma tension et mon rythme cardiaque en temps réel. La voix angélique reprit :

— Monsieur Lebaron, le prélèvement sanguin va commencer dans quelques secondes. Vous allez sentir un léger picotement au bout de votre index. Une mise à jour du programme de votre micro-puce va être effectuée. Veuillez laisser votre main sur le manoscanner jusqu'à ce que le voyant s'éteigne.

A peine la phrase terminée, je sentis la fine aiguille perforer l'extrémité de mon index pour récolter une goutte de mon sang puis le dispositif y appliqua un gel cicatrisant. Le voyant disparut, je retirai ma main et le manoscanner retourna à sa position initiale.

— L'analyse de vos données est en cours. Veuillez patienter.

L'angoisse qui s'était peu à peu évaporée pendant les analyses reprenait progressivement le dessus. Je sentais les battements de mon cœur accélérer ainsi qu'un poids écrasant comprimer mes poumons à chaque inspiration.

— Monsieur Lebaron, les résultats de vos examens ont été transmis au docteur Sandoz. Veuillez-vous rendre dans la salle alpha-207 pour des analyses complémentaires. Merci et bonne journée.

Bonne journée… Comme si ça allait être une bonne journée. Des examens supplémentaires avec un médecin, c'était mauvais signe.

Je me levai de mon siège, pas assez lentement pour éviter un léger vertige, et sortis de la pièce. Face à moi, un long corridor blanc dont les parois étaient parsemées de portes en verre opaque. Avant de m'y engager, je pris le temps de consulter le plan virtuel du bâtiment. Derrière chaque porte se trouvait une salle d'examen complète munie des équipements les plus récents. Le bâtiment alpha de l'hypercentre, dans lequel je me trouvais, était entièrement consacré aux neurosciences. Le premier et le second étage se focalisaient sur l'étude du cerveau et dans cette partie du second étage, quinze salles d'examens étaient dédiées à l'étude des dysfonctionnements de la mémoire.

Sur le plan en trois dimensions, un point bleu indiquait ma position. Il me suffisait de sélectionner ma destination - la salle d'examen 207 - pour que mon trajet se matérialise sur le sol du corridor par une ligne lumineuse qu'il me suffisait de suivre. J'avançai donc calmement, lisant au fur et à mesure les écrans qui surmontaient chaque porte, puis arrivai devant l'entrée de la salle alpha-207. Installé à son bureau, j'aperçus le docteur Sandoz qui consultait un dossier sur son écran. Le jeune homme d'à peine trente ans tourna la tête et se leva pour m'accueillir.

*
* *

Après une heure d'examens – questionnaires, tests de mémoire, et IRM – j'attendais les résultats, seul, assis sur une des chaises inconfortables d'une autre salle d'attente aseptisée. Le verdict, à la fois tant redouté et pressenti me fut annoncé par le docteur Sandoz en personne :

« Monsieur Lebaron, je suis désolé de vous l'annoncer… mais les analyses et les IRM sont formels : vous commencez à développer l'une des variantes de la maladie d'Alzheimer… »

16 :14, la voix du docteur résonnait encore dans ma tête.

Ce matin du 14 septembre, cela faisait donc deux semaines que mes yeux s'ouvraient à 04 :14, deux semaines que je savais que ma mémoire s'effaçait progressivement.

Cinquante-sept années allaient disparaître, et je ne pouvais rien empêcher, comme près de 80% de la population pour qui ce diagnostic était inéluctable.

En l'espace de quinze ans, la maladie d'Alzheimer était devenue la maladie du siècle. Des centaines de chercheurs travaillaient ensemble aux quatre coins du monde sur ses différentes formes afin de trouver un traitement efficace. Les recherches étaient financées par des fonds publics et privés, des dons et surtout grâce aux amendes phénoménales infligées en 2026 aux industriels de l'agro-alimentaire, qui utilisaient de manière démesurée certains additifs identifiés comme l'une des causes de la maladie. A l'heure actuelle, les recherches progressaient, des pistes existaient pour certaines variantes, mais toujours aucun traitement…

04 :15

Je clignai des yeux à plusieurs reprises et sentis au fur et à mesure mes mains lâcher prise sur les draps humides. Le courant d'air provenant du ventilateur acheva de me réveiller, pendant que les rideaux des fenêtres anti-calorifiques continuaient leur ballet.

Il était temps de se lever. Il faisait encore nuit dehors mais je ne voulais pas passer une journée de plus à me morfondre sur mon sort en restant allongé ici. Je me dirigeai vers la salle de bain, effleurai l'interrupteur tactile et, après avoir pris le temps d'éponger mon front humide, observai mon visage quelques secondes dans le miroir. J'avais déjà vu ce visage si fatigué au cours de ma vie, ce que je considérai comme une bonne nouvelle étant donné que je m'en souvenais.

Encore à moitié endormi, j'effleurai à nouveau l'interrupteur et quittai la pièce.

En traversant de nouveau ma chambre, je sentis que l'air était devenu subitement plus lourd. Blasé, je levai la tête juste à temps pour voir les pales du ventilateur cesser leur course effrénée.

Une coupure de courant… encore.

Depuis des années, la presque totalité des ressources énergétiques était destinée aux hypercentres médicaux des différentes agglopoles, aux institutions éducatives et aux systèmes de transport gérés par la Société Européenne de Transport. La S.E.T. était née en 2027 de la fusion de l'ensemble des sociétés de transport des 34 pays de l'Union, suite à l'entrée en vigueur de l'interdiction de la fabrication, la commercialisation et l'utilisation des véhicules personnels motorisés. Leur premier succès fut la mise en service de l'ULTram en 2029, un tramway urbain et en grande partie aérien dont la structure se composait de cellules photovoltaïques alimentant les rames.

Certaines infrastructures restaient malgré tout très gourmandes en énergie. Et le revers de la médaille était qu'en cas de surplus de consommation, les quartiers des agglopoles devaient sacrifier alternativement des minutes voire des heures d'énergie.

Plongé dans l'obscurité, j'ouvris le tiroir de la table de nuit pour saisir ma lampe et me dirigeai vers la cuisine. Malgré l'heure très matinale, je commençais à avoir faim. Pas la peine d'ouvrir le réfrigérateur, je ne l'utilisais plus depuis des années. Avec la fréquence des coupures de courant dans le quartier, difficile de conserver des aliments au frais. Je sortis donc un bol, le paquet de céréales entamé la veille ainsi qu'un sachet de lait en poudre et de l'eau filtrée.

Une fois mon petit-déjeuner préparé, je rejoignis le salon et me posai sur le sofa.

Mon salon était minuscule, mais l'absence de mobilier le rendait presque spacieux. Hormis le sofa, une petite table et une plante desséchée près de la fenêtre, il n'y avait rien. La plupart des éléments qui constituaient mon ancien logement étaient entreposés dans ce qui, à l'origine, devait me servir de bureau. Mais lors de mon emménagement, je n'avais pas eu le courage de déballer et de ranger la totalité de mes affaires. Depuis, la pièce la plus vaste de l'appartement faisait office de débarras. En cinq ans, j'avais dû y pénétrer moins d'une dizaine de fois, explorant le contenu des cartons à la recherche d'objets la plupart du temps introuvables. A chaque fois, ces petites missions m'avaient rappelé de nombreux souvenirs, semblables à ceux qui s'échappaient de ma mémoire en ce moment même.

Perdu dans mes pensées, la cuillère figée devant la bouche, je clignai des yeux et repris conscience. Sur le sol, quelques pétales de céréales ramollies émergeaient d'une petite mare de lait.

L'horloge de la cuisine indiquait 06 :34. Alors que quelques secondes semblaient s'être écoulées, le jour avait eu le temps de se lever, tout comme la ville. Pendant ce temps, tous les muscles de mon corps s'étaient crispés.

Après avoir pris le temps de m'étirer quelques secondes, j'abandonnai mon bol à moitié vide sur la table et décidai d'utiliser dès maintenant vingt de mes cinquante litres d'eau quotidienne pour prendre une douche. En traversant la pièce, je remarquai que tous les ventilateurs de l'appartement fonctionnaient de nouveau, indiquant le retour du courant.

Arrivé dans la salle de bain, j'ôtai mon caleçon imprégné de sueur, enjambai le rebord de la baignoire et m'assis sur le tapis antidérapant qui en recouvrait le fond. Je programmai le boîtier sur vingt litres, ouvris le robinet et entendis l'eau parcourir les vieilles conduites de l'immeuble. Pendant quelques secondes, mis à part des claquements métalliques sourds, il ne se passa rien d'autre. A l'arrivée de la première goutte d'eau, j'en récupérai un peu au creux de ma main et me mouillai légèrement la nuque. Quelques gouttes glissèrent le long de mon cou, zigzagant entre le léger relief de mes marques de naissance.

Au nombre de cinq et de la taille d'une petite pièce de monnaie, elles étaient disposées de façon régulière, à la manière de pétales formant le dessin d'une fleur. Je répétai mon geste et constatai l'étrange couleur de l'eau. Il me semblait l'avoir déjà remarqué il y a quelques temps et avoir pris la décision de changer le filtre. Visiblement, j'avais oublié…

Les gouttes qui s'écoulaient le long de mon corps avaient à peine le temps de me rafraîchir qu'elles avaient déjà presque disparues. Heureusement, la majeure partie était recyclée, filtrée et stockée à nouveau dans la réserve. Je fermai alors les yeux quelques instants, profitant de cet agréable moment à durée déterminée.

Lorsque j'ouvris les yeux, l'eau ne coulait déjà plus. Je me relevai lentement, afin d'éviter d'avoir des vertiges, et ressortis de la baignoire, le corps de nouveau moite à cause de la chaleur. J'enfilai un caleçon propre et me dirigeai vers la cuisine. Malgré l'heure très matinale, je commençais à avoir faim. Pas la peine d'ouvrir le réfrigérateur, je ne l'utilisais plus depuis des années. Avec la fréquence des coupures de courant dans le quartier, difficile de conserver des aliments au frais. Je sortis donc un bol, le paquet de céréales entamé la veille ainsi qu'un sachet de lait en poudre et de l'eau filtrée.

Une fois mon petit-déjeuner préparé, je rejoignis le salon et me posai sur le sofa.

Devant moi, sur la table basse, un autre bol à moitié vide. Je m'en souvenais maintenant, j'avais déjà pris mon petit-déjeuner ce matin…

Cette situation me troublait énormément et j'y pensais sans arrêt depuis deux semaines. Tous ces souvenirs accumulés, tous ces voyages à travers le monde, toutes ces découvertes, bref toute ma vie, …tout allait disparaître. Pour le moment, une grande partie était encore stockée dans ma mémoire. Mais bientôt, tout ne serait que chaos. Les seules traces cohérentes qui subsisteraient se trouvaient à l'intérieur des cartons entassés dans mon débarras. En effet, dans ces cartons, toute ma vie d'explorateur était soigneusement rangée sous forme de carnet, chaque carnet contenant tous les détails de chacune de mes expéditions.

D'un pas décidé, je me levai du sofa, déposai sur la table le second bol près du premier, et me dirigeai vers la porte close. J'en saisis la poignée et l'entrouvris, redécouvrant les montagnes de cartons empilés dans la pièce. Scrutant les boîtes pleines à craquer, le souvenir de m'être déjà retrouvé en état d'amnésie durant l'une de mes expéditions me revint aussitôt à l'esprit. Paradoxalement, cette expédition avait tant marqué ma vie qu'elle demeurait celle que je n'avais jamais pu oublier.

Une vague de chaleur jaillissant de la pièce me submergea alors, me heurtant de plein fouet malgré la température élevée régnant déjà dans l'appartement. La pièce, fermée depuis plus d'un an, était devenue un véritable sauna. Les yeux desséchés, je fermai les paupières le temps de les réhydrater.

La mer de la mort

La chaleur étouffante rendait ma respiration de plus en plus difficile. D'intenses picotements fouettaient mon visage tandis que j'ouvrais mes paupières avec difficulté. A travers les verres poussiéreux de mes lunettes, je peinais à distinguer quoique ce soit tant il faisait sombre. A chaque tentative, le plissement de mes yeux renforçait la douleur. J'avais l'impression que mon crâne allait exploser d'un moment à l'autre. Mon corps, quelque peu engourdi et presque écrasé sous le poids de mon sac, commençait à reprendre vie, laissant mes sensations revenir progressivement. Il me fallut plusieurs dizaines de secondes avant de me rendre compte que les doigts de ma main droite serraient quelque chose.

Allongé dans le sable, je relevai la tête avec précaution, profitant d'une accalmie pour chercher du regard un point de repère. Au loin, je finis par apercevoir les formes indistinctes d'un véhicule subissant stoïquement la tempête de sable qui s'était emparée du désert. Je ramenai mon bras vers moi et entraperçus l'objet en bois prisonnier de ma main.

Mes souvenirs étaient vagues et je ne savais pas comment j'avais atterri hors de ma Jeep. Malgré les lunettes et le bandana qui recouvraient mon visage, le sable fin dispersé par les rafales semblait s'insérer de toutes parts. J'avais les lèvres très sèches, et la soif semblait vouloir concurrencer le concert de percussions qui se jouait dans ma tête. Si je ne voulais pas mourir de déshydratation ou d'asphyxie, il fallait que je retourne vite me mettre à l'abri.

Je m'encourageai mentalement à me relever et ne réussis qu'après plusieurs essais, tant le mal de crâne se renforçait. Une fois debout, je luttai pour parcourir la distance qui me séparait de la Jeep, essayant en vain de me protéger des vents violents qui me malmenaient et transformaient chaque centimètre en mètre.

J'ouvris la lourde portière et me faufilai, le souffle court, dans l'habitacle en partie recouvert d'une fine couche de sable. Après m'être enfermé, j'arrachai mon bandana, libérai de ma main le morceau de bois que je tenais toujours, saisis ma gourde et en vidai près de la moitié en quelques gorgées. J'imbibai ensuite le morceau de tissu et le posai sur mon front pour tenter de me soulager. Je restai ainsi quelques minutes, bercé par le bruit des tourbillons de poussières qui s'abîmaient sur la carrosserie.

Les yeux clos, je repensais déjà à ma destination finale : Kashgar. Cette ville, qui fut le point de jonction des routes de la soie du nord et du sud pendant deux siècles, avait su garder sa vocation première : le commerce. Je m'y rendais dans l'espoir d'obtenir des renseignements de la part des commerçants, en particulier lors du fameux marché dominical. Connu comme étant le plus gros marché d'Asie centrale, il réunissait des marchands venant de tous les pays alentours, véritable mine d'informations.

Alors que je refaisais l'inventaire des questions que j'allais poser sur place, la tempête commença à perdre en intensité.

*
* *

Tôt le matin, j'avais quitté la ville-oasis de Koutcha, située au nord du désert du Taklamakan. Sur place, je m'étais rendu dans les grottes de Kizil, faisant partie des plus anciennes grottes bouddhistes connues de Chine, afin d'y étudier quelques fresques. J'espérai y trouver des pistes sur la localisation d'un original des Jātaka datant du deuxième siècle après Jésus Christ.

Selon mes informations, un exemplaire du recueil, rédigé en pâli, aurait été dissimulé dans l'une des villes-oasis entourant le Taklamakan au cours de ce même siècle. J'étais arrivé quelques jours plus tôt en Chine et Koutcha était mon point de départ. J'y étais resté quatre jours et les indices trouvés sur place m'avaient conduit à prendre la route pour rejoindre Kashgar.

D'après le GPS, il restait un peu plus de quatre cents kilomètres à parcourir sur les sept cents qui sépa-raient Koutcha de Kashgar. Le ciel était clair, la tempé-rature extérieure écrasante et des lignes floues envelop-paient l'horizon. Dans la voiture, la climatisation tournait à bloc. J'avais dépassé la ville d'Aksou depuis une cinquantaine de kilomètres quand la boîte de vi-tesse, plutôt rigide depuis le départ, craqua une dernière fois et finit par rendre l'âme.

— Génial, vraiment génial, dis-je d'un ton las en me parlant à moi-même.

J'insistai un peu, mais la voiture s'immobilisa dans un hurlement plaintif au milieu de nulle part.

Je regardai ma montre : 11h16.

J'avais roulé presque six heures sans m'arrêter et même si j'aurais préféré choisir le moment, une pause allait me faire du bien.

Je laissai le moteur tourner pour continuer à profiter de la climatisation et commençai à fouiller dans la boîte à gants. La veille, j'y avais rangé les papiers sur lesquels figuraient les coordonnées de la société de location. Une fois le contrat trouvé, je sortis le téléphone satellite de mon sac-à-dos et composai le numéro. Après trois essais infructueux, je tombai enfin sur quelqu'un. Il m'expliqua dans un pseudo-anglais qu'un de ses employés se trouvait à Aksou et pourrait venir me dépanner d'ici une heure.

J'avais donc une heure à tuer et décidai d'attraper mon carnet pour relire une partie de mes notes. Depuis mon départ dix jours plus tôt, la couverture en cuir brun avait plutôt souffert et la moitié du carnet était déjà remplie.

Vingt minutes s'étaient écoulées depuis mon appel et je commençai déjà à m'impatienter, tapotant frénétiquement mes doigts sur le volant. Afin de m'occuper l'esprit, je ressortis le téléphone satellite et parcourus les photos prises la veille à Koutcha. De temps à autre, je balayais du regard les environs avec l'espoir de voir arriver en avance l'employé de la société de location.

Alors que je revenais à mon passe-temps, un violent éclat lumineux provenant du désert traversa le pare-brise et m'aveugla malgré mes lunettes de soleil. Surpris et presque sonné, je protégeai instinctivement mes yeux avec une main puis entrepris de déterminer la source du phénomène. Je me décalai sur le siège passager afin de ne plus être ébloui, ouvris les paupières avec prudence et distinguai au loin, à un peu plus d'une cinquantaine de mètres, une forme sombre et indistincte sur le sable. Intrigué, je sortis les jumelles de mon sac et mis quelques secondes à faire la mise au point.

L'objet, planté dans le sable telle Excalibur dans son rocher, ressemblait à un simple morceau de bois. En l'examinant mieux, je vis qu'il était sculpté et couvert de marques de couleurs vives. Une pierre y était incrustée, sans doute la cause de mon éblouissement. Il n'en fallut pas plus pour attiser ma curiosité. Malgré les taches persistantes qui altéraient encore ma vision j'étais presque content d'avoir trouvé une « « mission » à laquelle me consacrer. J'accrochai mon téléphone à ma ceinture, attrapai mon sac à dos et ouvris la portière de la Jeep. Une vague de chaleur s'immisça dans la voiture et me coupa la respiration. Il valait mieux que je laisse le moteur de la voiture tourner pendant ma petite escapade si je voulais retrouver une température tolérable à mon retour. Le soleil était agressif et je pris le temps de remettre un peu de crème solaire sur les parties exposées de mon corps. Je ne supportais pas cette sensation grasse sur ma peau, mais je détestais davantage les effets d'un bon coup de soleil. Une fois prêt, j'enfilai les bretelles rembourrées de mon sac à dos sur mes épaules et me mis en route.

Malgré un vent naissant qui provoquait quelques tourbillons de poussière, il devait faire plus de trente-cinq degrés. L'air était lourd, presque étouffant, et je sentais déjà des perles de sueur glisser le long de mon dos. Au fur et à mesure de ma progression, quelques rafales résiduelles balayaient mes empreintes imprimées dans le sable, effaçant toutes traces de mon passage. Je m'arrêtai un instant à mi-chemin et contemplai l'impressionnante étendue de sable qui s'étirait à perte de vue.

Arrivé à hauteur de l'objet, je sortis le GPS de mon sac et enregistrai les coordonnées du lieu de ma découverte. Je m'agenouillai afin de l'étudier avec plus de minutie et le retirai avec précaution de sa prison de sable. Il s'agissait d'une sorte de totem en bois foncé, haut d'une cinquantaine de centimètres et sur lequel trois visages peints étaient représentés. Au premier coup d'œil, je reconnus l'origine noire africaine du fétiche symbolisant les dieux d'une culture tribale.

J'avais déjà vu ce type de motif sur des peintures et autres artefacts ivoiriens. Mais comment un tel objet avait-il pu se retrouver en plein désert d'Asie centrale ?

J'inspectai les alentours, à la recherche d'indices supplémentaires, mais cela revenait à vouloir trouver une aiguille dans une botte de foin et je finis par abandonner.

Je repris mon observation du totem et remarquai la pierre verte d'une pureté exceptionnelle qui traversait de part en part le front de la seconde effigie. Cela ressemblait à du jade, mais l'association d'un totem provenant d'Afrique et d'une pierre que l'on trouve surtout en Asie me paraissait peu vraisemblable. Je le tournai dans tous les sens, en profitant pour prendre quelques photos avec mon téléphone, mais ne trouvai rien.

Cela faisait environ dix minutes que j'étais assis sur le sable chaud, concentré sur l'examen approfondi du bois sculpté et des visages peints, lorsque j'aperçus un léger scintillement à l'intérieur de la pierre. Le faible éclat, pareil à celui d'une bougie sur le point de s'éteindre, semblait vivre ces derniers instants. Au moment où j'entourai la pierre de mes mains pour mieux distinguer la lueur, cette dernière s'intensifia et une forte douleur comprima ma tête. Je m'écroulai sur le sable, inconscient.

*
* *

A présent, plus de deux heures s'étaient écoulées depuis la panne, et l'employé de la société de location n'avait toujours pas pointé le bout de son nez. Tout comme moi, il avait dû rester prisonnier de sa voiture au milieu de la tempête. Je décrochai le téléphone satellite de ma ceinture afin de rappeler, mais l'appareil était éteint et recouvert de sable. Malgré plusieurs minutes d'efforts, de secousses et d'exaspération, je dus me rendre à l'évidence, il ne se rallumerait pas.

Une couche de poussière avait recouvert le pare-brise et je dus allumer la lampe intérieure de la Jeep pour pouvoir noter dans mon carnet les quelques lignes synthétisant ce qui venait de se passer. J'ôtai le bouchon du stylo et commençai à écrire sur une nouvelle page : *Désert du Taklamakan, jeudi 23 juin 2010.*

Après avoir complété quelques pages supplémentaires, je fis une rapide esquisse du totem sur la page voisine. Posé sur le siège passager, je le fixai mais n'osai pas le prendre, de peur de recevoir un nouveau

« choc ». A l'extérieur, les rafales s'estompèrent, laissant un calme relatif reprendre possession du désert. Une fois mes notes rangées, je sortis de la voiture pour constater l'accalmie. Le climat désertique avait repris le dessus et je sentais déjà l'intense chaleur sur la peau déjà rougie de mes bras.

Tout à coup, j'aperçus un nuage de poussières au loin. Je récupérai mes jumelles et distinguai un véhicule se dirigeant dans ma direction. Il devait s'agir de l'employé de la société de location envoyé pour me dépanner. Soulagé, je rassemblai mes affaires, enfouis le totem dans mon sac et grimpai sur la Jeep en espérant que son occupant me verrait. Le 4x4 continuait d'approcher mais son conducteur ne devait pas m'avoir aperçu car il déviait peu à peu.

Je fis de grands signes et criai pour attirer son attention mais cela n'eût aucun effet. Il était hors de question que je le laisse filer. Je sautai donc du capot et m'engageai dans une course effrénée pour tenter de l'intercepter. Je m'essoufflai en quelques secondes et le sable rendait chaque foulée de plus en plus pénible. J'avais l'impression de faire du sur-place, comme dans ces rêves où quelqu'un vous poursuit sans que vous ne puissiez-vous enfuir. Au bout d'une centaine de mètres, hors d'haleine, j'entendis le bruit assourdissant du moteur se calmer. Le véhicule ralentit puis se dirigea vers moi. Arrivé à ma hauteur, il s'immobilisa, la vitre se baissa et le chauffeur m'interpella en ouïghour, une langue que je ne maîtrisais pas du tout.

Je le saluai, utilisant avec conviction l'un des seuls mots ouïghours que je connaissais :

— Yahximusiz !

Je vis l'homme me dévisager puis sourire, à l'évidence amusé par mon accent pitoyable. Il devait se demander comment un touriste occidental avait pu se perdre seul dans le désert du Taklamakan. Il me fit signe d'approcher et me dit :

— You speak English ?

Je m'empressai de lui répondre avec excitation dans la langue de Shakespeare.

— Oui ! Je suis tombé en panne, ma voiture est foutue. Vous pouvez m'emmener ?
— Mais c'est pour ça que je suis là mon ami ! me dit-il avec un accent oriental très prononcé. Mon patron m'a demandé de venir vous récupérer.

D'un signe de la main, il m'invita à monter dans son 4x4. Pendant que je faisais le tour, il ouvrit la lourde portière de son Toyota Land Cruiser, l'un des premiers modèles vu son état général, et enleva quelques emballages qui traînaient sur le siège. Je posai mon sac à l'arrière, parmi plusieurs cartons, et pris place à ses côtés. Certainement habitué aux occidentaux, l'homme me serra la main et se présenta :

— Je m'appelle Nassim, et toi ?
— Nicolas, je m'appelle Nicolas. Je dois me rendre à Aksou pour rejoindre ensuite Kashgar, vous pouvez me conduire jusque-là ?
— Je peux vous emmenez jusqu'à Kashgar, me répondit-il avec un air de satisfaction. J'habite là-bas.

Avant de prendre la route, il fit un arrêt prêt de ma Jeep afin de confirmer la panne : boîte de vitesse cassée, aucun doute. Il coupa le moteur, récupéra mes réserves d'eau, cinq bidons au total, et les chargea à l'arrière de sa voiture.

De nouveau au volant, il claqua sa portière puis appuya sur l'accélérateur. Le 4x4 cracha un nuage de fumée noire et partit à toute vitesse sur la route invisible qui nous mènerait à destination. Rassuré, je consultai ma montre : 13h42. Trois cents kilomètres environ me séparaient de la prochaine étape de mon expédition. D'après mes calculs, nous devrions arriver en début de soirée. Exténué, et malgré les intenses vibrations qui secouaient le véhicule, je fermai les yeux et m'endormis.

La caverne de jade

Mes paupières se relevèrent lentement. La chaleur qui régnait dans la pièce s'était dissipée à présent. J'émergeai une fois de plus d'un long moment d'absence qui venait s'ajouter à une liste de plus en plus étoffée. Je lâchai la poignée de la porte et entrai en me dirigeant vers les piles de cartons plaquées contre le mur du fond. L'une des boîtes, posée au sommet d'une première pile, contenait le carnet de l'expédition Taklamakan dont je venais juste de revivre un instant. J'ôtai le couvercle, laissant tomber sur le sol une épaisse couche de poussière, et redécouvris une demi-douzaine de carnets reliés de cuir, disposés en vrac parmi une multitude d'autres souvenirs. Je trouvai sans peine celui correspondant à mon premier voyage dans la région autonome du Xinjiang, en République populaire de Chine.

Située à l'extrême ouest du pays et peuplée en majorité par les Ouïghours, la région avait un statut particulier similaire au Tibet avec lequel elle partageait une frontière.

Peu avant les Jeux Olympiques de Pékin de 2008, elle avait été montrée du doigt par les autorités chinoises qui suspectaient des activités terroristes de la part des séparatistes ouïghours. J'avais débuté mes recherches à Ürümqi, la capitale régionale, découvrant avec excitation un mode de vie et une culture considérablement éloignée de la culture chinoise. Forte de ses frontières avec de nombreux pays tels le Pakistan, l'Afghanistan, la Russie et la Mongolie, la région avait été pendant des siècles un lieu de passage obligé dans les échanges commerciaux entre l'ouest et l'est ainsi qu'un territoire multiculturel.

Avant mon départ, je m'étais beaucoup documenté sur la situation du Xinjiang, m'aidant de quelques livres et parcourant Internet pendant des heures. Je sortis le carnet du carton et délaçai les lanières de cuirs qui le maintenaient fermé. Je feuilletai les pages, humant les diverses odeurs de sable, d'épices et de thés parfumés encore imprégnées dans le papier. Alors que le récit de l'expédition défilait à toute vitesse devant mes yeux, je sentis mon esprit se noyer dans les fragments de textes que je parvenais à peine à distinguer.

Soudain, un claquement sourd me fit sursauter. Je tournai la tête vers la gauche, d'où semblait provenir le bruit, et vis Nassim qui faisait le tour de la voiture et se dirigeait vers ma portière. Dehors, la nuit était presque tombée et l'air ambiant s'était plutôt rafraîchi. Arrêtés devant une petite maison en terre, nous étions arrivés à destination. J'avais somnolé pendant toute la durée du voyage et peinais à émerger. Une fois à ma hauteur, et constatant que j'étais réveillé, Nassim me fit signe de descendre à travers la vitre encrassée. Je pivotai sur mon siège afin de récupérer mon sac posé sur la banquette arrière et le tirai péniblement vers moi après avoir attrapé l'une des lanières. J'ouvris la portière avec difficulté et, une fois sorti de la voiture, je suivis mon bienfaiteur qui m'invitait à entrer dans sa maison.

A l'intérieur une femme qui préparait le repas nous accueillit. Nassim me présenta alors son épouse, Sofia. Vêtue d'une longue robe blanche, la jeune femme à la peau dorée me fit un large sourire et m'invita à déposer mon sac et à m'asseoir sur le divan parsemé d'une multitude de coussins colorés. Je pris rapidement mes aises pendant que Nassim semblait expliquer notre rencontre au milieu du désert à sa femme. Sofia repartit vers la cuisine et Nassim s'assit à mes côtés.

La décoration de la pièce principale était typiquement orientale. D'immenses tapisseries couvraient les murs et le sol, et des volutes de fumée s'échappaient de bougies parfumées. Des voiles de soie orangées partaient des quatre coins et se rejoignaient sur le lustre en fer forgé suspendu au milieu du plafond. Le tout diffusait une multitude de reflets ambrés dans la pièce, créant un cadre intimiste et très chaleureux. Devant nous, plusieurs petits bols de fruits secs et de biscuits étaient posés sur une table basse en bois sculpté. Nassim me pria de me servir et me dit :

— Mon invité, tu peux rester ici tant que tu veux.
— Merci c'est très gentil, mais je peux trouver une chambre d'hôtel, je ne veux pas vous déranger, répondis-je gêné par cet élan de générosité.
— Pas de problème, me dit-il avec un grand sourire, tu es mon invité, tu peux rester.

J'acceptai donc poliment l'invitation, prenant quelques fruits secs dans le bol qu'il me tendait. Je n'avais presque rien mangé depuis mon départ de Koutcha et l'odeur provenant de la cuisine me faisait saliver. Sofia nous rejoignit et déposa le repas du soir sur la petite table : du riz et des brochettes de moutons au safran. Pendant que je me régalais de ce délicieux repas, je racontai à mes hôtes les raisons de ma venue dans cette région de Chine. Je commençai donc par leur expliquer en quoi consistait mon métier.

Archéologue indépendant, je travaillais en collaboration avec différents musées et collectionneurs privés qui, sur demande, m'envoyaient parcourir le monde à la recherche de pièces rares. La dernière demande en date émanait du musée d'ethnographie de la ville de Neuchâtel, en Suisse. Le but : mettre la main sur un exemplaire original du livre des Jātaka datant du 5ème siècle et qui aurait été dissimulé dans l'une des villes entourant le Taklamakan. Il s'agissait d'un recueil de contes narrant les vies antérieures de Bouddha, rédigé en pâli, une langue parlée autrefois en Inde. Sofia et Nassim comprirent vite de quoi je parlais et me montrèrent une traduction ouïghoure du recueil très populaire en Asie Centrale. La discussion autour de l'ouvrage et de la culture orientale se prolongea tard dans la soirée et lorsque j'essayai de parcourir succinctement quelques pages du livre, mes yeux tombèrent de fatigue.

— Tu veux aller te coucher ? me demanda Nassim qui voyait bien que le sommeil allait bientôt m'emporter.

— Oui je veux bien, je n'ai pas beaucoup dormi ces derniers jours, lui répondis-je d'une voix épuisée.

Je me levai du sofa et félicitai Sofia pour le repas. Je ramassai mon sac et pris le temps de les remercier tous les deux pour leur accueil et leur hospitalité.

Je suivis Nassim qui me conduisit dans la pièce qui faisait office de salle de bain. Ma dernière douche datait de la veille, dans l'hôtel à Koutcha, et avec la journée que je venais de passer, il était temps que je me lave à nouveau. Nassim me fournit du savon, des serviettes et me prêta une tenue pour la nuit. Une fois lavé et proprement habillé, il m'emmena dans une petite pièce qui servait de chambre d'ami. Un matelas était installé à même le sol et la décoration y était aussi très chaleureuse. Une bougie posée sur un petit meuble tamisait les lieux et je m'y sentis très vite à l'aise. Nassim, toujours aussi souriant, me souhaita une bonne nuit et quitta la chambre.

Cette gentillesse gratuite aurait pu me rendre méfiant, mais elle paraissait si naturelle que je ne me posai aucune question. Je m'assis sur le matelas et ouvris mon sac pour compléter mon carnet de bord avant de me coucher. En le prenant, ma main se cogna dans un bruit sourd contre quelque chose de dur. Il me fallut quelques secondes de réflexion avant de me souvenir du totem découvert en plein désert et enfoui dans mon sac. Je le sortis en même temps que mon carnet et en commençai un examen plus détaillé. Je me rapprochai de la lueur de la bougie afin de mieux l'étudier et remarquai à nouveau la pureté de la pierre de jade incrustée. En regardant au travers, je voyais distinctement la flamme danser au rythme des courants d'air provoqués par mes mouvements, mais la lueur que j'avais vue dans le désert avait disparu. Malgré un examen plus poussé, je n'appris rien de plus que lors de mes premières observations. Aucune inscription, ni signe distinctif qui aurait pu m'orienter vers une origine présumée. Il devait s'agir d'un bibelot perdu par un marchand en route vers Kashgar. Je le rangeai donc de nouveau au fond de mon sac et décidai de compléter mon carnet avant que mes yeux ne finissent par se fermer. Après avoir griffonné une demi-page, je posai le livret sur le sol et soufflai sur la flamme de la bougie. Je m'étendis sur le dos, la tête reposant sur mes mains croisées, et m'endormis en quelques minutes.

*
* *

Le vendredi, malgré l'hospitalité et la gentillesse de Nassim et Sofia, je quittai la maison en terre pour m'installer dans un hôtel proche, toujours dans la vieille ville. En attendant le marché dominical, j'avais employé mon temps à visiter la ville, découvrant une cité ancienne, traversée par une multitude de ruelles dallées de pierres menant à des marchés improvisés, des mosquées et des échoppes sorties tout droit d'une autre époque. Cette authenticité contrastait avec la modernité de la deuxième ville qui émergeait tout autour, en cours de construction par les Chinois. L'ambiance régnant ici était très étrange et la colonisation chinoise flagrante : le vieux Kashgar, Kashi pour les intimes, peuplée de ouïghours musulmans, était littéralement assiégée et peu à peu étouffée par la nouvelle ville, peuplée de Hans, l'ethnie majoritaire de Chine, arrivant de l'est du pays.

Je profitai d'une excursion dans la nouvelle ville pour déposer mon téléphone satellite dans une boutique d'électronique afin de tenter une réparation. L'appareil semblait intact mais ne voulait plus s'allumer depuis la tempête de sable. J'étais inquiet que la carte mémoire contenant toutes les photos de mon expédition soit endommagée. Le responsable du magasin, un certain monsieur Xiao, m'avait invité à repasser le lendemain après-midi pour le récupérer, m'expliquant qu'un simple nettoyage interne devrait suffire. Excepté ce bref passage dans ce quartier naissant, j'avais passé le reste de la journée à glaner quelques informations dans la vieille ville.

Pendant ce temps, Nassim avait été envoyé par son employeur pour récupérer ma Jeep tombée en panne près d'Aksou. Le soir, à son retour, il m'invita de nouveau à partager un repas chez lui. Comme la veille, mes sens se régalèrent des talents culinaires de Sofia.

Avant de regagner mon hôtel, je leur parlai de Sanxian Dong, les grottes des Trois Immortels. Renfermant des fresques et représentations datant du deuxième siècle après Jésus Christ, elles faisaient partie des plus anciennes grottes bouddhistes de la région. Si le recueil était passé par Kashi, il en subsisterait forcément une trace ici, mais elles étaient pratiquement inaccessibles. Nassim réfléchit un instant puis griffonna quelque chose au feutre noir sur un petit morceau de papier. Il me le tendit et dit :

— Demain, 20h00 à cette adresse. C'est Saïd, un ami. Il pourra sûrement t'aider. Il connaît la région et son histoire sur le bout des doigts
— Merci Nassim, lui répondis-je en lui serrant chaleureusement la main.

Le lendemain, avant mon rendez-vous, je retournai à la boutique de monsieur Xiao afin de récupérer mon téléphone. Comme il me l'avait indiqué la veille, un simple dépoussiérage avait suffi à le réanimer et la carte mémoire était intacte.

Puis, je me dirigeai vers la mosquée Id Kah, la plus grande mosquée de Kashi. Même s'il était peu probable que j'y découvre quoi que ce soit, l'édifice était un lieu incontournable de la ville. J'avais bien fait d'attendre le samedi pour m'y rendre, car lors de la prière du vendredi, des milliers de musulmans, tapis sous le bras, se rassemblaient à l'intérieur et sur l'immense parvis. Pour rejoindre la mosquée, j'avais traversé les ruelles intemporelles du centre, m'immergeant au fur et à mesure dans cette ambiance d'un autre temps. Cette immersion était facilitée par l'ambiance qui m'entourait : le son des vieux outils utilisés par les artisans, forgerons, menuisiers et cordonniers ; les charrettes tractées par des ânes qui se faufilaient dans les voies étroites et disparaissaient comme des mirages ; les odeurs d'épices et de moutons grillés qui embaumaient l'air au détour de chaque rue ; les habitants qui allaient et venaient en habits traditionnels…

En quelques minutes, j'avais atteint la grande place et découvris l'édifice. L'influence chinoise était palpable jusqu'ici. Il ne restait que quelques authentiques échoppes tout autour, la plupart ayant été remplacées par des magasins et des restaurants neufs imitant le style oriental. Sur la place, un écran géant, qui semblait ne rien avoir à faire là, était dressé et diffusait des images assourdissantes. De nombreux enfants jouaient et couraient sous les fontaines de l'esplanade pour se rafraîchir, des femmes couvertes de la tête au pied revenaient de la ville avec leurs sacs remplis de provisions et des hommes, qui discutaient tout en prenant un bain de soleil, étaient assis un peu partout. Les murs jaunes de la mosquée, en partie décrépis, avaient été rénovés quelques années auparavant, *« pour donner une meilleure image de la ville lors du passage de la flamme olympique »* selon Nassim. Malgré cela, la mosquée restait une fière représentante de l'architecture islamique. Construite en 1442, elle avait été plusieurs fois agrandie, réaménagée et rénovée au cours des siècles.

Je me postai au pied des escaliers, impressionné par l'immense portique en briques jaunes, puis me décidai à entrer. Je n'étais pas le seul occidental à l'intérieur et je me contentai en premier lieu de franchir l'entrée avec un groupe de quatre baroudeurs. Juste derrière, la grande cour intérieure bordée par d'immenses arbres imposait le silence. Un calme absolu y régnait. L'ombre des peupliers balayait les eaux limpides d'un grand bassin, donnant à ce lieu une atmosphère apaisante. Je poursuivis mon chemin vers la salle de prière aux abords de laquelle j'abandonnai mes chaussures. La pièce, très spacieuse, était surmontée d'un plafond décoré de magnifiques mosaïques, soutenu par cent quarante piliers de bois sculptés et peints en vert.

Comme prévu, je ne trouvai rien d'utile à l'avancée de mes recherches. Il était presque 19h20 et je ne devais pas tarder si je souhaitais être à l'heure à mon rendez-vous. L'adresse inscrite par Nassim sur le morceau de papier était celle d'une petite boulangerie située dans l'une des ruelles proches de mon hôtel. Je quittai donc la mosquée et décidai de repasser par ma chambre afin de récupérer quelques affaires et un peu d'argent liquide.

Luminescence

Mon hôtel n'était pas l'un des somptueux quatre étoiles de la nouvelle ville, loin de là. Il s'agissait d'une sorte de petite auberge construite en torchis, avec le confort minimum, mais très bien située dans la vieille ville. J'étais ici par choix et non par dépit, pour m'immerger le plus possible dans le mode de vie local.

A mon arrivée, je croisai le réceptionniste, un vieux ouïghour d'une soixantaine d'année, thé à la main et sourire aux lèvres, qui sortait rejoindre un groupe de trois hommes installés devant l'entrée. Je gravis les marches inégales de l'escalier qui menait à ma petite chambre du premier étage et m'arrêtai brusquement sur le palier. Un bourdonnement sourd et intermittent semblait provenir de l'intérieur de la pièce à un rythme rappelant des pulsations cardiaques. En m'approchant davantage, j'entrevis sous la vieille porte en bois une lueur qui scintillait en harmonie avec les battements étouffés dont je ressentais intensément les vibrations.

D'un pas peu assuré, je poursuivis mon avancée vers la porte puis enfonçai la vieille clé en fer dans la serrure. Je luttai quelques secondes, comme à chaque fois que j'essayais d'entrer, puis trouvai la position idéale. Je tournai lentement la clé, tentant de me concentrer sur le cliquetis du mécanisme, mais les martèlements se faisaient de plus en plus sonores et semblaient se caler sur la cadence de mon propre cœur. Mes doigts glissèrent sur la poignée et la porte s'entrouvrit dans un grincement strident, laissant apparaître la lumière verte clignotante qui projetait des ombres inquiétantes sur les murs. Les lourds volets, que j'avais laissés volontairement clos pour empêcher la chaleur de s'infiltrer, maintenaient la chambre dans une ambiance sombre et angoissante. Les vibrations de plus en plus soutenus retentissaient jusque dans ma tête et commençaient à m'anesthésier les sens. A chaque onde sonore, mon corps semblait s'engourdir davantage.

Je franchis le pas de la porte et me dirigeai avec prudence vers la source de lumière provenant de l'autre côté du lit. J'avançai en silence, prêt à me défendre contre l'assaut d'un frelon géant phosphorescent tout droit sorti de mon imagination. Je me frayai un chemin entre quelques affaires qui traînaient, contournai le lit puis immobilisai mon regard sur la masse posée sur le sol d'où venait le phénomène : mon sac à dos.

Stupéfait, je m'accroupis, fis pivoter le sac vers moi et l'ouvris avec précaution. Ma main s'engouffra à l'intérieur puis ressortit en douceur, tenant le totem que j'avais trouvé trois jours plus tôt dans le désert. L'intense lueur clignotante émanait de la pierre de jade incrustée et se propageait le long des nervures qui parcouraient le bois. Malgré la puissance de la lumière, la pierre ne dégageait aucune chaleur et les vibrations ne semblaient pas perceptibles ailleurs que dans ma tête. Décontenancé, je me relevai, le totem toujours serré dans ma main, et m'assis sur le lit en m'enfonçant dans le matelas usé par le temps. Les secondes pendant lesquelles j'étais resté posé là, bouche bée, l'esprit absent, les yeux fixés sur cet objet, semblaient avoir duré des heures. Lorsque je revins à la réalité, mille questions fusèrent dans ma tête, tel un bouquet final de feu d'artifice.

Qu'est-ce que c'est ? Est-ce réel ? Comment ça fonctionne ? A quoi ça sert ? D'où ça provient ? ...

Pendant ce temps, la pierre de jade poursuivait ses battements lumineux, inondant la chambre d'un puissant halo verdâtre. Le rayonnement jaillissait de toute part et illuminait les murs défraîchis vers lesquels j'avais fini par tourner mes yeux aveuglés. Ma vue brouillée mit quelques secondes à se réadapter à la luminosité de la pièce et lorsque je vis à nouveau, ce que je crus discerner acheva de me troubler. Je clignai des yeux à plusieurs reprises afin de recouvrer au plus vite une vision plus nette, et me concentrai sur le mur qui me faisait face. Le cœur luminescent du totem orienté vers la paroi ne se contentait pas d'éclairer la pièce. A chaque pulsation lumineuse, une sorte de dessin abstrait semblait s'y projeter. Je crus d'abord à une illusion d'optique ou à une conséquence de l'éblouissement, mais à chaque clignement de paupières, l'image se précisait. Je posai alors le totem sur la petite table de nuit, prenant soin de diriger la pierre vers le mur, puis reculai afin de voir le dessin dans son intégralité. Les bras croisés, je hochai machinalement la tête comme si cela m'aiderait à me concentrer. Cela ressemblait à un plan ou à une sorte de carte incrustée dans la pierre. Les contours étaient maladroits et je ne voyais ni inscriptions, ni précisions qui auraient pu m'aider à identifier ce qui était représenté. Alors que je m'apprêtais à sortir mon téléphone pour photographier l'image, le clignotement accéléra, se transformant en flashs de plus en plus rapides. Le bruit s'amplifia jusqu'à en devenir étourdissant et insupportable. Je tombai à genoux sur le sol, les yeux clos et les mains sur les oreilles, puis ce fut le noir et le silence complets.

Je repris conscience, allongé sur le sol, une forte douleur dans le crâne et une sensation d'extrême fatigue. Je découvris grâce aux aiguilles phosphorescentes de ma montre qu'un peu plus d'un quart d'heure s'était écoulé. Il faisait de nouveau sombre dans la chambre. Seul un rayon de lumière parvenait à se frayer un chemin au travers de l'un des volets, laissant sur sa route une traînée de particules en suspension dans l'air. Je me redressai en position assise et aperçu derrière le lit le totem posé sur la table de nuit. Tout ce qui venait de se passer était donc réel... Je peinai à me relever, quittant la position assise pour basculer sur mes genoux, puis prenant appui sur mes mains et poussant sur mes pieds, tel un bébé se levant pour la première fois. Une fois debout, je ressentis un léger vertige qui s'estompa progressivement, en parallèle de mon mal de tête.

Tout à coup, un bruit sourd me fit sursauter et sortir de ma torpeur. Quelqu'un tambourinait avec vigueur sur la porte et une voix que je connaissais appela :

— Nicolas ? Mon ami ? Tu es là ?

C'était Nassim. J'avais raté le rendez-vous avec Saïd et il devait s'inquiéter de mon absence.

— Je suis là, répondis-je d'une voix inaudible, me dirigeant vers la porte tout en me massant la nuque d'une main.

Le corps courbaturé, j'ouvris la porte et vis Nassim, l'air surpris, qui me toisait des pieds à la tête. Je devais ressembler à un zombie tout droit sorti de son lit.

— Tout va bien ? me demanda-t-il d'un air compréhensif, après avoir observé par-dessus mon épaule l'obscurité régnant dans la chambre.
— Oui, je suis désolé, marmonnai-je. Je ne me suis pas réveillé pour le rendez-vous. On peut reporter ça à demain ?
— Tu es sûr que ça va ? me dit-il d'un air soucieux.

J'étais tiraillé entre l'envie de lui raconter ce que je venais de vivre et le besoin de comprendre et d'analyser la situation avant d'en parler à qui que ce soit. Je m'entendis lui répondre :

— Ne t'inquiète pas, j'ai juste besoin de me reposer. Si tu veux bien, je passerai te chercher chez toi demain pour aller au marché et tu me présenteras ton ami Saïd, d'accord ?

Nassim, rassuré sur mon état, avait retrouvé le sourire.

— Ok, dors bien et à demain alors !
— À demain.

Tel un spectre, il disparut dans le sombre escalier et je refermai la porte. Je m'y adossai quelques secondes, les yeux fermés, puis actionnai l'interrupteur de l'unique lampe de la chambre. Le filament de l'ampoule embrasa la pièce, amplifiant les violents picotements qui me brûlaient les rétines et qui faisaient naître des larmes incendiaires au coin de mes paupières.

Cinq bonnes minutes s'écoulèrent avant que je puisse revoir normalement. Les yeux encore rougis, je parcourus d'un pas décidé les quelques mètres qui me séparaient de la table de nuit et saisis le totem avec précaution. L'objet que j'avais considéré jusqu'à maintenant comme une babiole sans intérêt s'avérait finalement plus fascinant que je ne l'aurais imaginé. Il n'en demeurait pas moins énigmatique pour autant. Je le tournai dans tous les sens, cherchant un moyen de le réactiver, mais je ne trouvai rien. Hormis les nervures du bois, la surface était lisse et uniforme. Pas de bouton sur lequel appuyer, pas de mécanisme à enclencher, aucun dispositif visible à actionner. Je sortis ma lampe torche du sac à dos et l'allumai, puis éteignis la lumière de la chambre à l'aide de l'interrupteur situé près de la tête de lit. J'orientai la pierre de jade vers le mur puis dirigeai le faisceau lumineux au travers. Un léger halo verdâtre fut projeté, mais rien de plus ; cela aurait été trop facile. Je pressai de nouveau sur l'interrupteur, puis m'allongeai sur le lit, le totem posé sur le ventre. Il fallait que je réfléchisse sereinement à ce qui venait de se passer.

Tout à coup, un murmure incompréhensible jaillit et j'ouvris les yeux aussitôt, presque effrayé, le cœur battant la chamade. La lumière de la chambre toujours allumée, je pus aussitôt vérifier qu'il n'y avait personne d'autre que moi dans la pièce. La voix lointaine et tourmentée avait résonné dans ma tête de manière si réelle ! Il était presque trois heures du matin et je m'étais endormi sans m'en rendre compte, sans doute assommé par les effets du totem sur mon organisme. Ce dernier, toujours posé sur mon ventre, se soulevait au rythme de ma respiration qui retrouvait une cadence normale, et je le soupçonnais fortement d'être à l'origine de l'hallucination auditive dont je venais d'être victime. Le souffle avait surgi tel un mirage au milieu d'un désert et s'était évaporé aussi vite, ne laissant derrière lui qu'un vague souvenir presque insaisissable. Alors que quelques secondes s'étaient écoulées depuis mon réveil, j'étais maintenant incapable de définir avec certitude les caractéristiques de la voix que je venais d'entendre : son timbre, son intensité, sa hauteur, ... tout s'était estompé. Il ne subsistait que cette sensation d'envoûtement et ce murmure mystérieux.

J'avais passé le reste de la nuit à compléter mon carnet, dissertant sur les faits inexplicables qui s'étaient déroulés et établissant des hypothèses qui allaient de la plus réaliste à la plus extravagante. Les mots fusaient avec une telle vivacité dans mon esprit que l'écriture, au départ posée et intelligible, était devenue au fur et à mesure maladroite et précipitée. Rassemblant mes souvenirs, je tentai de dessiner un croquis de la carte, mais le résultat ne fût pas très convaincant. Avant de refermer le carnet, en me relisant, je pris conscience que la quasi-totalité de ce que je venais d'écrire était insensé.

Lorsque je posai mon stylo, la lumière du jour commençait déjà à caresser les volets. J'ouvris la fenêtre et regardai tomber sur le sol les quelques écailles de peinture autrefois blanche qui tenaient encore miraculeusement sur le cadre. Les premiers rayons de soleil pénétrèrent dans la chambre avec impatience et me forcèrent à plisser les yeux. En emplissant la pièce, je ressentis sur-le-champ leur effet vivifiant qui me donna le sourire. Je pris une grande inspiration puis laissai monter jusqu'à mes oreilles le bruit de la ville qui s'animait. Aujourd'hui, c'était dimanche, et dehors, l'un des plus grands marchés d'Asie centrale s'éveillait. J'avais attendu cette journée avec hâte depuis mon départ de Koutcha, mais son importance s'était émoussée suite aux récents évènements. Depuis l'activation du totem, je n'avais pas une seule fois repensé à ma mission première. Je détestais abandonner un travail en cours. Ce n'était arrivé qu'une seule fois lors d'une mission au Pérou deux ans auparavant, suite à des restrictions budgétaires. Mais la situation actuelle me paraissait trop étrange et particulière pour être négligée. Ma décision était prise, je devais rentrer en France et en découvrir davantage sur cet objet et ses propriétés intrigantes. Il fallait que je trouve un moyen de l'activer de nouveau, afin de réussir à retranscrire avec précision la carte entraperçue la veille.

J'enveloppai le totem dans un linge puis le replaçai dans mon sac, près de mon téléphone satellite. A la vue de l'appareil, je réalisai qu'il me faudrait prévenir le musée d'ethnographie de l'interruption temporaire de l'expédition. Tout comme à Nassim, je leur devais la vérité mais je ne souhaitais pas dévoiler trop de détails sur l'origine de mes motivations. Je ne voulais pas passer pour un fou avant d'en savoir plus sur toute cette histoire. Une fois toutes mes affaires rangées, j'enfilai mon sac sur mes épaules et quittai la chambre. Je dévalai l'escalier puis déposai la clé sur le comptoir du vieux ouïghour, absent en ce dimanche matin. Sur le pas de la porte, je chaussai mes lunettes de soleil, pris une grande inspiration et me mis en route pour rejoindre Nassim et lui annoncer ma décision.

Le départ

La traversée de la ville vers la maison de Nassim ne fut pas de tout repos. Malgré l'heure très matinale, les ruelles accidentées du centre fourmillaient de monde. Des centaines de personnes et de véhicules de toutes sortes convergeaient vers le marché. L'installation des étals semblait à la fois anarchique et organisée et la cité que j'avais parcourue ces derniers jours devenait méconnaissable. Même les plus larges artères se transformaient en un parcours infranchissable que je dus malgré tout traverser. Je parvins à m'en échapper au terme d'une éprouvante bataille contre les moutons et chevaux qui rejoignaient leur enclos et les nombreuses charrettes débordantes tractées par des ânes, véritables échoppes ambulantes. Je gagnai le marché couvert et parcourus le labyrinthe de ruelles bordées par les nombreux stands des bouquinistes, barbiers, boulangers et autres vendeurs de tapis, d'épices et de thés. Après de longues minutes, je réussis enfin à me frayer un chemin dans les méandres de ce gigantesque bazar, et m'extirpai de la foule. Épuisé, je m'arrêtai quelques instants puis poursuivis mon périple. Heureusement, le domicile de Nassim se situait dans une rue beaucoup plus calme, à peine à l'écart de toute cette agitation qui s'emparait de la ville. Arrivé devant la maison, je repris mon souffle puis toquai contre la porte en bois bariolée. Quelques secondes à peine s'écoulèrent avant que Nassim ne m'ouvre.

— Bonjour ! me lança-t-il d'un air enjoué. Prêt ?
— Je dois te parler d'abord, lui répondis-je embarrassé.

Il m'invita à entrer et je pris place sur le même sofa que lors de ma première visite. Sofia n'était pas là, déjà partie au marché pour faire quelques provisions. Nassim me proposa un thé et s'assit à côté de moi, dans l'attente, faisant sans aucun doute le rapprochement avec l'état dans lequel il m'avait trouvé la veille.

Mon exposé fut bref mais plutôt complet, et je lus au fur et à mesure un mélange d'incrédulité et d'incompréhension s'installer sur son visage. Pendant mes explications, Nassim n'avait pas prononcé un seul mot.

— Je reviendrais ici après. Mais pour le moment, ma priorité est de partir pour en savoir plus sur cet objet, lui expliquai-je.

Nassim acquiesça. Il semblait chercher ses mots et me demanda :

— Partir quand ?

— Le plus tôt possible, aujourd'hui si je peux trouver une place sur un vol.

L'excitation que je ressentais et qui s'était emparé de moi en à peine quelques heures contrastait avec la déception que Nassim laissait transparaître. Malgré cela, sa bonne humeur et son âme généreuse reprirent rapidement le dessus et il me proposa son aide. L'aéroport était situé à environ dix kilomètres du centre et Nassim m'indiqua qu'un avion décollait chaque matin pour Ürümqi. Il attrapa sa sacoche ainsi que les clés de sa voiture et me fit signe de le suivre jusqu'à son 4x4 stationné dans une ruelle déserte à l'arrière de la maison.

Quitter Kashi pendant le marché semblait impossible, mais Nassim connaissait très bien la ville et la manière d'éviter l'affluence liée à l'engorgement dominical. Le trafic était dense mais le trajet se déroula sans encombre. Sur le chemin, Nassim me fit part de son bonheur d'avoir appris la veille qu'il serait bientôt pa-

pa. Tout en songeant à ma propre enfance, je le félicitai pour cet heureux évènement.

Sur le ton de la confidence et pris par le besoin soudain d'en parler, je lui dis tout continuant de fixer la route :

— Tu sais, je n'ai pas eu la chance de connaître mes parents, j'ai vécu dans une famille d'accueil quand j'étais enfant.

— C'est triste, répondit-il sincèrement touché par ce que je venais de lui confier.

Mon enfance était en effet une période assez floue. Avant l'âge de cinq ans, c'était le trou noir. Aucune trace de moi : pas d'acte de naissance, pas de photos et surtout aucun souvenir. D'un point de vue administratif, j'étais né à l'âge de cinq ans. D'ailleurs, même mon âge était une estimation réalisée par les médecins qui m'avaient ausculté. La suite de ma vie s'était déroulée tout à fait normalement avec mes parents adoptifs. Vers l'âge de treize ans, ils avaient abordé le sujet avec moi, de peur que cela ne perturbe mon adolescence. Je les questionnais parfois, mais ils ne me fournissaient que peu d'informations. Lorsqu'il m'avait recueilli, j'étais dans un centre d'accueil pour enfants de Macao depuis quelques semaines. Je ne portais pas de nom et je parlais à peine. Il m'avait appelé Nicolas et la date de mon arrivée chez eux devint la date de mon anniversaire. Au fur et à mesure, ils avaient été stupéfaits de la vitesse à laquelle j'apprenais. En quelques mois, il semblait que certaines de mes facultés étaient revenues. Je parlais comme n'importe quel autre enfant de mon âge, je savais déjà compter et écrire mon prénom et je n'avais pas à rougir face aux capacités des autres à l'école. Seuls mes souvenirs n'étaient jamais réapparus. Parfois, j'avais l'impression que ma vocation de parcourir le monde à la recherche de l'inconnu était sûrement lié à mon obscur passé, une espèce de quête de soi-même.

Repensant à tout cela, je n'avais pas vu le trajet passer. Nous étions déjà arrivés et Nassim gara la voiture sur l'une des nombreuses places libres situées devant l'entrée de l'aéroport. L'endroit, de construction plutôt moderne, paraissait si désert que pendant un instant, je me demandai s'il était bien fonctionnel. Nassim m'emmena à l'intérieur et se dirigea vers l'accueil afin d'obtenir des renseignements sur les heures et disponibilités pour un vol vers Paris. Mis à part le personnel de l'aéroport, l'immense hall était aussi vide que le parking. Pendant ce temps, je me mis à l'écart et sortis mon téléphone satellite pour contacter le musée d'ethnographie de Neuchâtel afin de prévenir monsieur Rubeli de mon retour précipité. Mes explications, un peu plus détaillées que celles fournies à Nassim, et la garantie que je reprendrais mes recherches ici une fois mon enquête achevée, suffirent à le convaincre et à le rassurer.

— Et cet objet, de quoi s'agit-il Nicolas ? me demanda-t-il avec toute la curiosité qui pouvait caractériser un directeur de musée et un ancien explorateur.

— C'est un totem lui répondis-je. Un petit totem sculpté dans un bois robuste et brun foncé. Il mesure environ cinquante centimètres de haut et trois visages y sont représentés, peints de couleurs vives. Ça ressemble à un fétiche d'origine africaine, un peu comme ceux que je vous ai ramené il y a trois ans de Côte d'Ivoire. Mais ce qui m'intrigue le plus est la présence d'une pierre de jade incrustée dans le front de la tête centrale. Ça ne colle pas avec son origine présumée.

— Hum hum, entendis-je à l'autre bout du fil.

Absorbé dans ma description du totem, j'ajoutai sans réfléchir :

— De plus, la pierre semble avoir des propriétés luminescentes, j'aimerais la faire analyser à l'I.M.R afin d'en savoir plus.

Je sentis un changement dans la voix de mon interlocuteur qui traduisait un intérêt croissant pour ma découverte. D'un air très intéressé, il me demanda :

— Pourrais-tu me faire parvenir quelques photos à ton retour que je puisse y jeter un œil ?
— Bien sûr, répliquai-je à contrecœur. Vos connaissances et celles de votre équipe pourraient m'être utiles, je vous envoie ça dès mon arrivée à Rouen avec un compte rendu de mes premières investigations concernant le manuscrit.
— Très bien, marmonna-t-il, en pleine réflexion à propos de l'objet que je venais de lui décrire.
Après un bref silence, il ajouta :
— Bon voyage alors Nicolas, et à bientôt !
— A bientôt monsieur, et merci de me permettre d'interrompre les recherches sur le manuscrit.
— Je sais ce que c'est, n'oublie pas qu'à une époque, j'étais à ta place. J'aurais sans doute fait la même chose dans ton cas, me confia-t-il avant de raccrocher.

J'imaginai l'étincelle dans les yeux du directeur à l'écoute de ce que je venais de lui révéler.

En avais-je trop dit ? Aurais-je dû mentionner la particularité de la pierre de jade ? En même temps, si je ne l'avais pas fait, si je n'avais pas réussi à attiser sa curiosité, aurais-je réussi si facilement à le convaincre d'abandonner une mission en cours ?

Dans tous les cas, ce qui importait à présent, c'est que j'étais libre de consacrer tout mon temps à ce mystérieux totem.

Nassim revint vers moi, tenant une feuille de papier qui indiquait les horaires des vols vers Paris et sur lesquels il restait des places disponibles. Il y avait deux escales, une à Ürümqi et une autre à Pékin, et l'avion au départ de Kashi décollait dans environ quarante minutes. J'achetai donc les billets et m'installai avec Nassim dans un café presque vide du terminal. Je lui offris un thé puis lui proposai de lui laisser mes coordonnées. Lui tendant ma carte, je lui expliquai :

— Je te laisse mes coordonnées. Dessus tu as mon numéro de téléphone et mon adresse e-mail. Si tu veux me contacter, n'hésite pas, je te répondrai.

Il m'observa avec un sourire, touché par la proposition.

— Ok mon ami, dit-il.

Trois jours s'étaient écoulés depuis notre rencontre, mais notre amitié naissante était perceptible. Je m'en voulais presque de partir comme un voleur, sans pouvoir lui rendre la pareille.

Alors que je rangeai mon portefeuille, il sortit une petite enveloppe de sa poche et me la tendit :

— Tiens, c'est pour toi, c'est un petit cadeau. Rien d'extraordinaire mais ça devrait t'être utile.

Gêné, je restai silencieux quelques secondes puis ouvris l'emballage en papier kraft. J'en sortis un lacet de cuir brun auquel était accroché un pendentif.

— C'est du cristal de roche, m'expliqua Nassim. Parmi ses nombreuses propriétés, il permet entre autres de ressourcer celui qui le porte. Vu comme tu as l'air épuisé, ça ne pourra pas te faire de mal, ajouta-t-il en souriant.

— Merci beaucoup, balbutiai-je tout en attachant le collier autour de mon cou.

Soudain, une voix en chinois transperça le silence quasi inquiétant qui régnait dans l'aéroport. Elle enchaîna en anglais et annonça le début de l'embarquement pour le vol 6804 de *China Southern Airlines* à destination d'Ürümqi. Nassim m'accompagna jusqu'au contrôle de sécurité et je le remerciai une dernière fois pour son accueil, sa générosité ainsi que pour toute l'aide qu'il m'avait apportée durant mon séjour à Kashi. Je tendis mon passeport au douanier qui m'observa un instant, puis franchis le poste de contrôle, laissant Nassim seul dans l'aérogare presque désert.

La suite ne fut qu'une série de décollages, d'atterrissages et d'attente. Je passai la nuit à Pékin, dans un hôtel proche de l'aéroport, puis embarquai sur le vol 129 d'*Air France* pour Paris le lendemain matin.

Après un peu plus de treize heures de vol, j'arrivai enfin à l'aéroport Roissy-Charles de Gaulle.

Retour aux sources

Une fois à Paris, il ne me restait plus qu'un train à prendre pour enfin arriver chez moi. J'avais profité du trajet pour dormir encore un peu, ouvrant les yeux de temps à autre pour surveiller mon sac posé sur le siège voisin. Depuis la découverte du totem, je me sentais très souvent fatigué et multipliais les siestes. La voix nasillarde émanant du micro me tira de mon sommeil :

"Mesdames, messieurs, notre train va bientôt entrer en gare de Rouen rive-droite, notre terminus. Avant de descendre, assurez-vous de n'avoir rien oublié à votre place. Pour votre sécurité, veuillez attendre l'arrêt complet du train avant d'ouvrir les portes. La S.N.C.F. et son personnel d'accompagnement vous souhaitent une agréable fin de journée".

19h00

J'étais arrivé à Rouen, la ville aux cent clochers, comme Victor Hugo l'avait surnommée.

L'expression, un peu exagérée, traduisait malgré tout la concentration élevée d'églises. A l'heure actuelle, il en restait vingt-quatre sur la rive droite de la Seine, emplacement originel de la cité. Ville d'art et d'histoire, Rouen était aussi réputée pour son port ainsi qu'en tant que lieu d'accueil de prestigieux navires lors de l'Armada. J'avais passé toute ma vie dans cette ville et chaque retour ici me redonnait de l'énergie.

Je quittai le bâtiment en traversant la salle des pas-perdus, dont une partie des murs était ornée de fresques représentant la cité. De style art nouveau et classée monument historique, la gare surplombait la rue Jeanne d'Arc, l'une des artères principales de la ville. Un ciel bleu et une température agréable : les ingrédients pour un centre-ville animé étaient réunis en ce début de vacances d'été. Je vivais dans un petit appartement rue Eau-de-Robec, près de l'Hôtel de Ville et de ses jardins dans lesquels trônait l'abbatiale Saint Ouen, église massive de style gothique achevée au 15ème siècle. J'aurais pu arriver rapidement chez moi, mais malgré la fatigue et comme à chaque retour ici, l'envie de flâner un peu dans le centre me saisit. J'avais besoin de me ressourcer.

Je descendis donc la rue Jeanne d'Arc sur quelques centaines de mètres pour rejoindre la rue du Gros-Horloge, l'une des rues historiques et l'une des plus fréquentée de la vieille ville. Quand j'étais enfant, cette ville me fascinait déjà. Chaque jour, pour aller et revenir de l'école, je parcourais cette rue. Bordée de nombreuses maisons à pans de bois, elle reliait la place du Vieux Marché à la cathédrale Notre-Dame de l'Assomption. Elle était pavée sur toute sa longueur et enjambée par le Gros-Horloge, monument emblématique de la ville. Lors de mes études d'histoire à l'université de Mont Saint-Aignan, j'avais réalisé un travail de recherche sur cette arche dans le cadre d'un projet. Érigée au 16ème siècle pour remplacer l'une des portes de la ville, elle était surmontée de part et d'autre d'une sublime horloge astronomique accolée à un beffroi abritant son mécanisme. Dans la partie supérieure du cadran, une sphère de trente centimètres de diamètre était logée dans un oculus et indiquait les phases de la lune. Composée d'une face noire et d'une autre argentée, elle effectuait une rotation complète en cinquante-neuf jours. Un semainier se trouvait dans une ouverture située à la base du cadran, chaque jour étant symbolisé par une représentation d'un dieu romain. On voyait ainsi défiler au fil de la semaine Diane, déesse de la Lune pour le lundi, Mars pour le mardi, Mercure pour le mercredi, Jupiter pour le jeudi, Vénus pour le vendredi, Saturne pour le samedi et Apollon, dieu solaire pour le dimanche. A chaque retour ici, je ne me lassais pas d'admirer ce bijou d'architecture et d'ingéniosité pour l'époque.

Je poursuivis ma route, levant les yeux sous l'arche pour contempler les sculptures qui l'ornaient. En parallèle, j'essayai d'éviter les collisions avec la foule qui arpentait la rue commerçante et qui me rappelait mon dernier périple dans les rues de Kashi. Après quelques mètres, j'aperçus le sommet de Notre-Dame qui émergeait au-dessus des toits des maisons à colombage.

La rue du Gros, comme on l'appelait ici, débouchait sur le parvis de la cathédrale. En face, l'office de tourisme, bâtisse depuis laquelle Claude Monet avait peint sa célèbre série de toiles consacrée à la cathédrale à la fin du 19ème siècle. Monet était l'un de mes peintres préférés. Au collège, j'avais d'ailleurs eu la chance de voir une exposition de cette fameuse série de toiles au musée des Beaux-arts. D'architecture gothique, comme de nombreux autres monuments de la ville, la cathédrale de Rouen se distinguait par sa flèche, la plus haute de France, et sa façade entourée de deux tours dissemblables qui avaient rejoint la construction d'origine au fil des siècles.

J'empruntai sur la gauche la rue Saint Romain, ruelle typique du Vieux Rouen, où l'on trouvait les maisons à pans de bois les plus anciennes de la ville. Elle longeait la cathédrale pour s'achever face à l'église Saint Maclou, autre joyau d'architecture. Depuis l'endroit où j'étais, je distinguais déjà son portail massif à cinq porches et ses immenses portes en bois sculptées. Je poursuivis mon chemin puis arrivai dans la rue Eau-de-Robec. Réputée pour son calme, elle était autrefois traversée par le Robec, une petite rivière se jetant dans la Seine et qui avait fait de cette rue celle des drapiers et des teinturiers.

A présent recouverte, cette dernière suivait à présent un chemin souterrain alors que des moulins et d'anciennes teintureries la longeaient encore en amont. Rénovée dans les années 70, la rue était à présent parcourue par un cours d'eau artificiel le long duquel quelques terrasses s'étalaient dès l'arrivée des beaux jours. Il était près de 20h00 et les serveurs s'activaient pour servir les nombreux clients installés. Mon appartement se trouvait au deuxième étage d'un immeuble à colombage au numéro 164, au-dessus du restaurant l'Eau Vive.

Épuisé par le voyage, je franchis la porte de chez moi et traversai l'entrée directement vers le salon. Au passage, je faillis renverser la statuette Inca ramenée de ma mission précédente. Je relevai les volets roulants et ouvris les fenêtres pour aérer la pièce et laisser entrer la lumière du jour et le bruit de la ville. Les épaules courbaturées, je pris soin d'enlever mon sac à dos en douceur et le posai sur mon bureau. Je sortis ensuite de la table basse un verre et une bouteille de Porto entamée, ôtai mes chaussures pour libérer mes pieds engourdis et m'affalai au fond du canapé.

Malgré l'heure tardive, je décidai de contacter Manon à l'Institut des Matériaux de Rouen. Ingénieur dans le groupe de physique des matériaux, nous avions déjà travaillé ensemble à plusieurs reprises lors de missions antérieures. Nous nous étions rencontrés à Annecy quatre ans plus tôt à l'occasion d'un colloque intitulé « Méthodes Physiques appliquées à l'Archéologie ». Nous avions gardé contact au départ pour nos intérêts communs et notre lieu de résidence proche, puis étions devenus progressivement amis. Notre relation était plutôt ambiguë, mais la situation semblait nous convenir à tous les deux. La voix douce de Manon interrompit mes pensées :

— Allô ?
— Allô Manon, c'est Nico, tu vas bien ? lui demandai-je d'un ton enjoué.

Vu l'heure, j'ajoutai en plaisantant :

— Alors ça y est, tu as emménagé au labo, félicitations !

— Ah ah ah… toujours aussi drôle à ce que je vois, me répondit-elle d'une voix qui laissait malgré tout deviner qu'un sourire naissait au coin de ses fines lèvres. Dommage que tu n'aies pas perdu ton sens de l'humour en route, personne ne t'en aurait voulu, au contraire. Qu'est-ce qui t'arrive pour que tu m'appelles à cette heure, tu veux que je t'explique comment cuire des pâtes ? renchérit-elle, fière de sa répartie.

— Non c'est bon, je vais m'en sortir je crois. Plus sérieusement, je vais avoir besoin une fois de plus de tes talents. Je viens de rentrer de Chine et j'ai trouvé quelque chose de bizarre. Si tu as un peu de temps, j'aimerais que tu y jettes un œil.

— Encore un prétexte pour me voir ça, tu aurais pu trouver quelque chose de plus original.

J'avais besoin d'elle pour examiner le totem, mais sur le fond, elle n'avait pas complètement tort. On ne s'était pas vu depuis deux mois et pour être honnête, elle me manquait.

— Tu sais bien que je ne peux pas me passer de toi trop longtemps, lui répondis-je sur le ton de la plaisanterie.

— Ouais, je comprends, c'est mon côté irrésistible ! Bon, et c'est quoi ce truc que tu as trouvé ?

— Je préférerais t'expliquer tout ça de vive voix si ça ne te dérange pas. Je peux te l'amener au labo demain ?

— Oui, bien sûr, fit-elle d'un air étonné par tant de mystères. Tu peux venir à midi si tu veux. On pourra déjeuner ensemble si ça te dit ?

Flatté par l'invitation, je l'imaginai jouant comme à l'habitude avec une mèche de ses cheveux en attente d'une réponse et dis :

— Avec plaisir mademoiselle… A demain alors, passe une bonne soirée avec ton microscope électronique !

— Bonne nuit très cher, transmets mes amitiés à ta plante artificielle pour moi.

Je raccrochai, ravi de ce court échange et impatient à l'idée de déjeuner avec elle le lendemain. Toujours logé au fond du canapé, j'eus beaucoup de mal à trouver la motivation nécessaire pour me relever. L'ensemble de mon corps semblait courbaturé et le moindre mouvement se transformait en une véritable épreuve. J'avais besoin d'un bon bain chaud pour me détendre, mais il me restait encore deux ou trois petites choses à faire. Me connaissant, je savais que si je ne m'en chargeais pas tout de suite, plusieurs jours passeraient avant que je m'en occupe. Je saisis donc mon sac puis sortis et triai le reste de mes affaires. Je mis le totem sur le bureau, déposai mon linge sale dans la machine à laver, classai le carnet de l'expédition Taklamakan sur l'étagère avec les autres, mis mon GPS et mon téléphone satellite à recharger puis entassai le reste dans l'armoire de l'entrée.

J'entrepris ensuite de photographier le totem sous tous les angles et en profitai pour le réexaminer succinctement, mais je n'observai rien de particulier. Une fois l'ordinateur allumé et la dizaine d'images transférée, je commençai la rédaction du rapport de mes premières investigations sur le manuscrit des Jātaka. Le compte-rendu était plutôt synthétique mais contenait l'essentiel des informations accumulées durant mes trois semaines passées en Chine. Comme promis, j'envoyai le tout par mail à Rubeli.

Depuis mon bureau, je sentis l'odeur agréable de nourriture monter depuis les cuisines de l'Eau Vive et emplir le salon. Je m'accoudai à la fenêtre du salon et observai un instant les nombreux clients installés aux terrasses de cafés et de restaurants disséminées le long de la rue. L'appétit en éveil, je pris quelques minutes pour me préparer un léger repas, remerciant en silence l'inventeur du four à micro-ondes, puis achevai ma soirée dans un bon bain chaud, un moment de détente que je laissai durer près d'une heure.

Le laboratoire

09h00.

La nuit avait eu un effet revigorant. Je me réveillai en pleine forme mais le ventre vide, tout comme mes placards et mon frigo. Je m'habillai rapidement, descendis l'escalier étroit menant à la rue, traversai les quelques mètres qui me séparaient de la terrasse du café *Le Son du Cor* et m'y installai pour prendre mon petit-déjeuner. Comme de nombreux commerces du centre, ce dernier possédait une enseigne à l'ancienne en fer forgé, donnant l'impression à celui qui découvrait le Vieux-Rouen pour la première fois de sillonner une ville médiévale. Sur le terrain adjacent, quatre amis, des anciens du quartier que je croisais souvent lorsque j'étais ici, avaient entamé leur première partie de pétanque de la journée. Derrière moi, parmi la clientèle éparse, un vieil homme apprenait patiemment à son petit-fils d'une dizaine d'années à jouer aux échecs. Savourant mon café et mon croissant, j'observai le paisible ruisseau franchir impassiblement la rue tandis que les premiers passants arpentaient les pavés ensoleillés pour se rendre au marché de la place Saint Marc. Avant de rentrer, je fis un petit détour afin d'effectuer quelques courses et d'envoyer mes factures en retard.

Je me changeai, enfilant une tenue plus présentable, puis rangeai le totem posé sur mon bureau dans un petit sac à dos noir. Je traversai le centre-ville jusqu'au palais de justice sous l'œil menaçant des gargouilles qui ornaient la cour d'honneur et pris le métro en direction du technopôle du Madrillet. Je descendis au terminus, situé entre le campus et la faculté des sciences qui abritait l'I.M.R.

11h56.

Pour une fois j'étais en avance. De quatre petites minutes d'accord, mais en avance quand même. Je me présentai à l'accueil de l'institut et après quelques formalités, la secrétaire me tendit un badge visiteur avec un regard complice. Ce n'était pas la première fois qu'elle me voyait venir ici rendre visite à Manon et j'imaginais sans difficultés ce qu'elle devait penser.

Je me rendis directement à la cafétéria, choisis mon repas au self puis m'installai à une petite table disposée à l'écart des autres. Manon pouvait prendre son temps : ma salade de crudités, mon morceau de fromage et mon île flottante ne risquaient pas de refroidir. Je me servis un verre d'eau, guettant du coin de l'œil l'entrée de la cafétéria, et remarquai aussitôt son arrivée. Une démarche élancée, un regard d'un vert profond presque déstabilisant, un visage d'une douceur angélique, des cheveux châtains dont les boucles rebondissaient sur ses épaules à chaque pas, ... avec un peu de musique et un plan au ralenti, on se serait cru dans une pub. Plus sérieusement, Manon était une très belle femme, de celles qui font tourner les têtes sur leur passage. Et pour être honnête, elle ne me laissait pas du tout indifférent. La première fois que je l'avais vu, j'avais eu beaucoup de mal à l'imaginer en blouse blanche dans un laboratoire.

Après m'avoir localisé, elle m'adressa un petit signe de la main et vint me rejoindre une fois son plateau chargé.

— Alors Indiana Jones, tu as trouvé le Graal pour me faire des cachotteries comme ça ? lança-t-elle visiblement en pleine forme.

Manon me faisait rire. Même nos conversations les plus sérieuses se terminaient la plupart du temps en concours de la meilleure vanne.

— A toi de me le dire, lui répondis-je tout en ramassant mon sac.

Je l'ouvris et ajoutai :

— Je vais avoir besoin d'un examen complet : caractérisation, datation, authentification, et tout ce que tu verrais d'utile en plus. Ça risque de te prendre du temps mais…

Manon éclata de rire. Regardant autour d'elle, elle se rendit compte du bruit qu'elle faisait et se masqua la bouche d'une main. Son regard alternait entre le totem que je tenais dans la main et mon visage décontenancé par sa réaction. Après quelques secondes, les yeux pleurant de rire, elle dit d'une voix presque sérieuse :

— Franchement, tu aurais pu trouver mieux comme prétexte pour qu'on se voie. Parce que ton morceau de bois décoré par un gamin de cinq ans, c'est pas très crédible hein.

Puis elle se remit à rire.

Je me sentais ridicule. Et le pire, c'est que je n'avais encore rien dit. Quand j'en viendrais au passage de la pierre qui clignote, elle me prendrait définitivement pour un cinglé.

Alors qu'elle essayait de retrouver son sérieux, essuyant avec soin les coins humides de ses yeux avec sa serviette, je lui tendis le carnet complété durant mon expédition, ouvert à la page relatant le phénomène.

— Lis, lui dis-je d'un ton sec, blessé par sa réaction.
— Désolé, s'excusa-t-elle en saisissant le carnet, le visage encore rougi par son fou-rire. Je ne voulais pas te vexer. C'est vraiment sérieux ?
— Oui, répondis-je. C'est vraiment sérieux.

Elle débuta alors sa lecture pendant que je commençais ma salade.

Au fur et à mesure de sa progression dans le récit, Manon recouvra toute la concentration la caractérisant. Alors que j'entamai le fromage, elle releva les yeux et dit :
— Fais voir.

Je lui transmis donc le totem, dont elle entreprit aussitôt un examen visuel.

— Pour les examens, je vais devoir procéder de manière différente pour le bois, la peinture et la pierre, m'expliqua-t-elle. Mais je vais attaquer en priorité avec un scanner laser, histoire de voir s'il y a quelque chose qui pourrait le réactiver. Tu pourras monter avec moi après au labo, c'est rapide, comme ça on sera fixé.
— Ok, répondis-je. Et pour le reste, tu penses avoir les premiers résultats dans combien de temps ?

— J'ai pas mal de boulot ces temps-ci, on a une présentation à finaliser pour un séminaire sur les biomatériaux le mois prochain. Mais je trouverai du temps. Je trouve toujours du temps pour toi, ajouta-t-elle avec un sourire ravageur.

Nous avions poursuivi le repas, parlant de tout et de rien et affûtant notre sens de la répartie. Au fur et à mesure, je sentis la fatigue s'emparer de Manon et je lui demandai :

— Ça va ? Tu as l'air fatigué tout à coup.
— Oui oui, ça va, ne t'inquiète pas me répondit-elle. J'ai juste du mal à récupérer de mes insomnies de ce week-end. A chaque pleine lune c'est la même chose, je ne ferme pas l'œil de la nuit.
— Encore des superstitions de nanas ça, lui lançai-je d'un air moqueur.

Puis, notre conversation dévia et revint à ma découverte hasardeuse dans le désert du Taklamakan. Le mystère reprit le dessus et Manon m'invita à la suivre dans son labo, au deuxième étage du bâtiment, afin de réaliser un scanner en trois dimensions du totem.

A peine entrée dans le laboratoire, elle disposa le totem sur la platine de rotation de l'appareil puis se posta devant l'écran de contrôle afin d'initier le scan. Le plateau débuta sa course tandis qu'un faisceau laser blanc balayait le totem afin de le numériser. Une fois l'opération achevée, la représentation tridimensionnelle de l'objet s'afficha sur l'un des nombreux écrans plats de la pièce. En plus des données indiquées, comme la taille, le poids, et d'autres chiffres incompréhensibles, l'écran tactile permettait de manipuler l'image dans tous les sens afin de déceler la moindre particularité, visible ou dissimulée. Après plusieurs minutes d'un examen approfondi, Manon ne détecta aucun dispositif d'activation. D'après ce premier test, il s'agissait donc d'un simple morceau de bois dans lequel était incrustée une pierre.

— Pas très concluant tout ça, murmura-t-elle un peu déçue.

Elle m'expliqua :

— Pour le bois et la peinture, je vais prélever des petits échantillons. Ils me serviront pour la caractérisation et la datation au carbone 14. Pour la pierre, ce ne sera pas le même procédé. Je vais devoir me diriger vers de la microanalyse : microscopie électronique à balayage couplée à une spectrométrie X à dispersion d'énergie, détection d'électrons rétro diffusés et pour finir diffractométrie aux rayons X. Avec tout ça plus un test de dureté, je pourrais déterminer de quel type de pierre il s'agit. A première vue ça ressemble à du jade, mais il en existe plusieurs types de toute façon.

J'avais du mal avec tout ce charabia de laboratoire. La seule chose qui me rassurait, c'est que Manon savait de quoi elle parlait. Dans quelques temps, j'en saurais davantage sur ce totem.

— Et concernant la pierre, tu penses pouvoir trouver quelque chose ? demandai-je.
— Pour l'instant je ne sais pas Nico. Mais d'après le scanner, rien n'indique que cette pierre puisse s'allumer, clignoter et projeter une carte… Tu étais peut-être fatigué, tu as peut-être rêvé tout ça… me dit-elle d'un air embarrassé.

Rêvé…
Je comprenais la réaction de Manon. C'était une scientifique et je savais qu'elle réaliserait tous ces examens pour me faire plaisir et non par conviction. Le scanner ne révélait rien d'anormal et j'étais le seul et l'unique témoin des évènements étranges décrits dans mon carnet. Arrivé à mon appartement, je commençais tout à coup à douter de ma clairvoyance au moment de ces pseudo-manifestations surnaturelles. J'étais fatigué

c'est certain, mais cela m'avait paru plutôt réel. A présent je devais attendre les premiers résultats des analyses de Manon pour savoir s'il s'agissait d'hallucinations ou non.

Je m'installai devant mon ordinateur, ouvris ma boîte mail et aperçus un message de Rubeli perdu au milieu de quelques publicités. Le message, plus long qu'à l'habitude, contenait trois pièces jointes :

Bonjour Nicolas,

J'ai effectué des recherches sur l'objet dont tu m'as parlé et je pense avoir trouvé quelque chose. Les trois visages représentés semblent être des logogrammes. Chacun d'entre eux a une signification qu'il est possible de traduire grâce à un objet découvert par l'une de nos équipes au Ghana il y a une trentaine d'années (voir pièce jointe). Sur cette plaque en bois d'iroko foncé (semblable au bois de ton totem d'après les photos) est peinte une série de logogrammes, des visages arborant différentes expressions. Nous avons mis plusieurs années à les interpréter et la signification de ceux de ton totem semble être :

ÉNERGIE - CLÉ - TERRE.

Il semble que tu aies mis la main sur un objet intéressant ! N'hésite pas à m'informer des résultats des analyses entreprises de ton côté.
J'attends de tes nouvelles. A bientôt.

Pierre

Stupéfait, je relus le mail en diagonale avant d'ouvrir les pièces jointes. La première était l'une des photos que j'avais transmises la veille, sur laquelle on voyait le totem de face et les trois figures peintes. La seconde était une photo de la fameuse plaque en bois d'iroko représentant plus d'une centaine de faces différentes. De nombreuses couleurs étaient utilisées et chacun des visages affichait une grimace distincte. En comparant les deux photos, il apparaissait que le bois de la plaque et celui du totem étaient en effet très similaires : même teinte, même aspect et même type de veines.

Pour finir, je cliquai sur la dernière pièce jointe et découvris le tableau de correspondance. Il contenait la traduction de chaque logogramme et je pus retrouver avec facilité ceux représentés sur le totem. J'affichai le tableau en plein écran afin d'étudier de manière plus détaillée les différents faciès représentés, mais la légende inscrite en gras sous l'image attira mon attention. Le résultat de la datation au carbone 14 de la plaque indiquait : environ 800 ans avant J-C !

Avec l'ensemble de ces informations, je comprenais mieux le si grand intérêt manifesté par Rubeli à l'égard de ma découverte.

J'avais du mal à y croire et décidai de parcourir à nouveau le mail. Alors que quelques minutes plus tôt, j'avais laissé une vague de doutes me submerger, le message reçu avait laissé place à une certitude : je n'avais pas rêvé ce soir-là. Avec ces trois idéogrammes et leurs mots associés, j'avais enfin un début de piste. Restait à découvrir la signification de ces trois mots réunis :

ÉNERGIE - CLÉ - TERRE

Catalyse

La nuit m'avait semblé courte.

J'avais passé la fin de ma soirée sur l'ordinateur, à effectuer des recherches sur des sites Internet de ressources ethnologiques en me référant aux informations reçues la veille. J'avais réussi à trouver les publications traitant de la découverte de la plaque d'iroko. Elles décrivaient les travaux d'interprétation effectués par l'équipe de Neuchâtel. J'avais aussi mis la main sur plusieurs clichés de la tablette, depuis sa découverte au Ghana jusqu'aux analyses menées dans différents laboratoires suisses. Puis, gagné par la fatigue, j'avais rejoint mon lit à 2h30 du matin.

Après un petit-déjeuner et une douche revigorante, je décidai de me rendre à la bibliothèque universitaire de la faculté d'histoire pour tenter de trouver des informations supplémentaires. Quelques heures plus tard, je repartis bredouille et poursuivis mes recherches dans les réserves du musée d'Histoire Naturelle de Rouen, auxquelles j'avais un accès illimité.

En fin d'après-midi, installé dans la salle de documentation du musée, je sentis mon téléphone portable vibrer dans ma poche. Le visage souriant de Manon clignotait sur l'écran et je décrochai illico, dans l'espoir d'apprendre déjà quelque chose.

— Allô, c'est moi, t'es occupé ? me demanda-t-elle d'une voix épuisée.

Manon vivait souvent des périodes de surmenage. Je n'avais jamais rencontré quelqu'un qui s'investissait autant dans son travail. Elle menait de nombreux projets en parallèle et passait ses journées voire parfois ses nuits dans son laboratoire. Le mot *vacances* ne faisait pas partie de son vocabulaire et même lorsqu'elle en prenait, elle trouvait le moyen de passer à l'I.M.R. pour suivre l'avancée de ses recherches.

— Non ça va, lui répondis-je. J'ai le nez dans les bouquins du musée mais je ne trouve pas grand-chose, donc pas de soucis. Tu as du nouveau pour moi ?
— Oui, rien de grandiose mais c'est un début. J'ai le résultat de l'analyse de caractérisation du bois et c'est de l'iroko, un bois originaire d'Afrique. Et pour la

peinture, les résultats préliminaires indiquent qu'il s'agit de pigments naturels.

Ces premières informations confirmaient les suppositions de Rubeli et le lien entre la tablette et le totem.

Manon reprit :

— J'aurais les résultats de la datation au carbone 14 vendredi matin si tout va bien. Plutôt que de venir au labo, tu veux qu'on se retrouve en ville autour d'un verre ? me proposa-t-elle. J'en profiterai pour te donner les documents contenant les détails.

— Oui bien sûr, avec plai-plaisir, balbutiai-je, perturbé à la fois par son invitation et par l'excitation liée à ces premières révélations. On peut se retrouver au *Big Ben* vers 15h00, si c'est ok pour toi ?

— Vendredi à 15h00 au *Big Ben*, ça marche ! Bisous ! lança-t-elle d'un ton plus enjoué juste avant de raccrocher.

Situé en plein cœur de Rouen, au pied du Gros-Horloge, le *Big Ben* était un bar intemporel et chaleureux que j'aimais beaucoup. Le mobilier en bois massif, l'architecture normande traditionnelle avec poutres apparentes et l'immense lustre suspendu près de l'entrée était à l'image de la vieille ville. Le pub s'étalait sur quatre niveaux qu'on pouvait rejoindre en empruntant un escalier étroit et interminable menant notamment à une petite discothèque très fréquentée la nuit. Assis depuis une dizaine de minutes, j'attendais Manon avec impatience. J'avais imprimé le mail et les documents envoyés par Rubeli trois jours plus tôt afin de lui faire partager ces informations. Il faisait chaud dans le bar et j'avais déjà bu la moitié de mon verre de thé froid commandé quelques minutes plus tôt. Alors que je buvais une nouvelle gorgée, j'aperçus Manon franchir l'entrée. Vêtue d'un pantacourt en jean et d'un débardeur violet, elle releva ses lunettes de soleil et se dirigea vers moi. Nous nous donnions souvent rendez-vous ici et c'était en quelque sorte « notre » table. Elle posa son sac et une chemise cartonnée sur la table puis s'assit en face de moi sur le banc en cuir patiné.

— Quelle chaleur ! s'exclama-t-elle en s'affalant contre le dossier. C'est une vraie fournaise dehors. Tu m'attends depuis longtemps j'espère ? lança-t-elle avec un sourire tout en rangeant ses lunettes de soleil dans leur étui.

Elle savait que je n'aimais pas attendre. Parfois, je la soupçonnais même d'arriver plus tôt et de me laisser mariner plusieurs minutes avant de me rejoindre, uniquement dans le but de m'agacer. Je l'imaginais cachée au coin d'une rue, à se tordre de rire en espionnant les signes de mon impatience.

Je ne ripostai même pas à cette petite provocation.

L'un des serveurs, un nouveau, s'approcha de Manon et lui demanda :

— Madame, vous désirez boire quelque chose ?
— Oui, la même chose que monsieur s'il vous plaît, répondit-elle d'un air sérieux. Il adore les boissons de filles, renchérit-elle en me lançant un regard complice.

Quand nous sortions ensemble, Manon prenait un malin plaisir à jouer le jeu des gens qui nous croyaient en couple. De temps à autre, elle en profitait pour glisser une allusion sur l'inefficacité de mon nouveau régime à l'intention d'une jolie vendeuse, ou encore pour inventer des évènements abracadabrantesques dans le seul but de me ridiculiser. De mon côté, je faisais également preuve d'inventivité. Il m'arrivait de simuler des disputes fictives en public et l'abandonner seule en pleine rue ou de la faire passer pour une folle en l'ignorant totalement alors qu'elle jurait à son interlocuteur que nous nous connaissions.

— Bon, avant de dire quoi que ce soit, commença-t-elle gênée, je voulais m'excuser de ne pas t'avoir pris plus au sérieux mardi. Les premiers résultats, dit-elle en désignant la pochette cartonnée, montre que ton totem n'est assurément pas une babiole de brocante.

Le ton de sa voix avait changé, devenant presque solennel. C'était bon signe. Tout en parlant, elle avait ouvert sa pochette cartonnée et en avait extrait quelques documents qu'elle posa sur la table. J'étais dans l'expectative, les yeux fixés sur la première page, impatient de savoir si ses analyses confirmeraient ce que je savais déjà.

— Comme je te l'ai dit au téléphone, poursuivit-elle, ton totem est en bois d'iroko. Je me suis un peu renseigné, c'est un bois provenant surtout d'Afrique et qui est considéré comme un très bon bois pour la sculpture. A propos de la peinture, elle est à base de pigments naturels minéraux, organiques et végétaux.

Pour l'instant, ces informations concordaient avec les analyses de caractérisation réalisées sur la tablette découverte au Ghana. Les éléments de base réduits en poudre et utilisés pour les pigments étaient identiques : de l'argile plus ou moins chargée en oxydes de fer pour le rouge et le jaune, de la craie pour le blanc, des os calcinés pour le noir et de la chlorophylle pour le vert.

Elle poursuivit :

— Et comme promis, j'ai les résultats de datation pour le bois et la peinture. Pour être honnête, je n'aurais pas parié dessus au début, mais d'après les tests, ton totem date d'environ…

— 800 ans avant J-C, annonçai-je en même temps qu'elle.

Elle releva la tête de ses documents et me fixa quelques secondes bouche bée.

— Comment le sais-tu ?

Elle regarda ma pochette et ajouta, énervée :

— Tu as demandé à quelqu'un d'autre de faire des analyses en parallèle des miennes ? Ah, bah merci ! Vive la confiance ! Franchement, tu me déçois Nico ! Moi qui croyais que…

— C'est bon, tu as fini ? l'interrompis-je. Je n'ai rien demandé à personne donc pas la peine de t'énerver. Laisse-moi t'expliquer, dis-je tout en lui tendant le mail de Rubeli.

Pendant qu'elle le lisait, je sortis les photos et les posai sur la table face à elle.

— Les analyses que tu as faites confirment juste les hypothèses contenues dans ce message. Je l'ai reçu juste après t'avoir laissé le totem au labo, et quand tu m'as appelé pour me parler d'iroko, il était facile d'imaginer que l'ancienneté du totem serait proche de celle de la tablette.

Calmée, elle reposa le mail puis regarda les photos. Elle demanda :

— Et ces histoires de logogrammes, tu peux m'en dire plus ?

Manon était autant calée en archéologie que moi en physique, j'entrepris donc une explication sommaire :

— Pour faire simple, c'est comme lorsque tu utilises des smileys pour communiquer par messagerie. Selon le smiley utilisé et son expression, tu transmets un message à ton interlocuteur : la joie, la tristesse, la colère, … Et bien là, c'est la même chose…

— Ok, c'est plus clair à présent. Et les recherches de tes collègues en Suisse ont permis de donner une signification à chacun d'eux, un peu comme les travaux effectués par Champollion pour les hiéroglyphes ?

— Tout à fait ! Tu as tout compris ! Quelle culture, je suis impressionné, m'exclamai-je en souriant.

Alors qu'elle me rendait mon sourire, le serveur lui apporta son thé froid. Elle en but une petite gorgée puis ajouta :

— La prochaine étape, c'est l'analyse de la pierre, mais ce sera plus long me prévint-elle. Ça te laissera tout le temps nécessaire pour essayer de comprendre la signification de ces trois mots. Tu penses que le mot ÉNERGIE pourrait être lié à l'illumination de la pierre ?

— Je ne sais pas, dis-je d'un air songeur. Comme tu dis, j'ai tout le temps d'y réfléchir. De ton côté, je compte sur toi pour me contacter dès que tu as du nouveau… ou même avant si tu veux, ajoutai-je.

Les semaines suivantes, Manon et moi avions poursuivi nos recherches chacun de notre côté et nous étions retrouvés de manière régulière pour en partager les résultats. Parfois, il n'y avait rien de nouveau, mais ces fréquentes rencontres étaient de plus en plus motivées par le plaisir de se voir.

Pour ma part, j'avais peu avancé dans la compréhension des trois mots représentés sur le totem. Malgré des jours de prospections, je m'étais arrêté à cette interprétation : au moment où la pierre s'illuminait, elle dégageait de l'ÉNERGIE et le totem devenait une sorte de CLÉ permettant d'accéder à un endroit, peut-être une TERRE. C'était un peu tiré par les cheveux, je le reconnais, mais je n'avais rien de mieux pour le moment. J'avais transmis à Rubeli une partie limitée des informations dont je disposais, afin de toujours garder une longueur d'avance en cas de découverte majeure.

Manon, de son côté, avait continué à se consacrer au totem en parallèle des nombreuses recherches qu'elle menait déjà. Elle n'avait toujours rien découvert qui permettait de prouver ce que je croyais avoir vu, mais avait enfin obtenu les résultats des analyses pour la pierre. Comme nous l'avions tous les deux supposé au départ, il s'agissait bien de Jade, et pas n'importe quel type de Jade d'ailleurs, la variété la plus prisée : du Jade impérial, originaire de Birmanie. En revanche, le test de datation avait échoué.

En sortant du *Big Ben* ce soir-là, la nuit était déjà tombée. Manon déposa un baiser sur l'une de mes joues puis me fit un petit signe de la main en s'éloignant. Comme chaque soir, elle retournait s'isoler dans son laboratoire. Cet endroit semblait la rassurer, elle s'y sentait bien, probablement parce qu'elle en maîtrisait tous les éléments. En dehors, elle semblait différente, un peu moins à l'aise et jouant la carte de l'humour à tout va pour se détendre. Je la regardai tourner au coin de la rue puis décidai de ne pas rentrer chez moi tout de suite. En cette fin de mois de juillet, la température était agréable et les rues animées, bref le cocktail idéal pour flâner un peu. Je levai les yeux vers le Gros-Horloge, mis en valeur par de nombreux projecteurs ; il était déjà presque 22h00. Je regardai au-dessus du cadran et esquissai un sourire : Manon allait passer une mauvaise nuit, c'était la pleine lune. J'étais persuadé qu'elle la passerait à l'I.M.R. afin d'éviter de tourner plusieurs heures dans son lit. Après avoir remonté la rue du Gros, j'arrivai sur la place de la Cathédrale et me posai sur les marches du parvis. L'imposante façade illuminée de l'édifice et l'air de saxophone provenant d'une rue adjacente me relaxèrent quasi-immédiatement. Je repensais au message de Nassim reçu quelques jours plus tôt et dans lequel il demandait de mes nouvelles. Je portais toujours le cristal de roche qu'il m'avait offert lors de mon départ précipité de Kashi, et à ma grande surprise, ses propriétés régénératives semblaient avoir fonctionné.

Perdu dans mes pensées, je fus interrompu par la sonnerie de mon téléphone portable. Je le sortis de ma poche et découvris presque sans surprise le visage de Manon clignoter sur l'écran. Après m'être préparé pendant quelques secondes à recevoir un cours au sujet de l'influence de la lune sur les comportements humains, je décrochai.

J'arrivai à peine à l'entendre. Sa voix était couverte par de nombreuses interférences parmi lesquelles il me semblait reconnaître un bruit familier. J'augmentai le volume de mon téléphone et discernai quelques mots perdus au milieu d'une phrase :

— ... activé, viens vite ...!

Je me levai aussitôt, la main crispée sur l'appareil, essayant de me souvenir où se trouvait la station de métro la plus proche et dis :

Manon, je ne sais pas si tu m'entends mais si c'est le cas, sors ta caméra et filme tout, j'arrive !

Révélations

Je n'avais pas couru aussi vite depuis bien longtemps. Je réussis à esquiver les nombreux passants qui arpentaient la ville en cette agréable soirée estivale et rejoins la station du théâtre des Arts en moins de deux minutes. Je reprenais encore mon souffle lorsque le métro s'arrêta au terminus. Durant le parcours, j'avais maudit à chaque arrêt le conducteur ainsi que les passagers dont les montées et descentes me ralentissaient. Je savais que le totem ne resterait pas indéfiniment en activité et je craignais qu'il soit déjà retombé dans le mutisme à mon arrivée. A deux stations du terminus et seul dans la rame, mes ongles étaient en train de payer les conséquences du mélange d'angoisse et d'impatience que je ressentais. Le trajet semblait avoir duré une éternité, et dès l'ouverture des portes automatiques, je sortis en trombe et courus jusqu'à l'entrée de l'I.M.R. laissée entrouverte par Manon. Je grimpai les escaliers quatre à quatre jusqu'au deuxième étage et sentis les vibrations s'amplifier au fur et à mesure de mon ascension. A mon arrivée, un léger brouillard verdâtre semblait s'être emparé d'une partie de l'étage. Au travers du hublot de la porte du labo, j'aperçus la lumière verte intermittente qui tentait de s'en échapper. J'entrai dans la pièce et trouvai Manon près de la source lumineuse, les mains pressées sur ses oreilles et les yeux plissés, aveuglés par l'intensité de l'illumination.

Elle avait posé le totem à la place de son vidéoprojecteur, face à un grand écran qui tombait le long du mur. Derrière, à moins d'un mètre, un caméscope numérique installé sur un trépied enregistrait la scène, filmant les moindres détails de la carte qui apparaissait et disparaissait alternativement sur la toile blanche.

Je m'approchai de Manon et posai mes mains sur ses épaules. Elle ne m'avait pas vu entrer et eût un léger sursaut. Elle se tourna vers moi et dit quasiment en criant :

— Ça s'est déclenché tout seul, j'ai rien touché !
— Il s'est activé il y a combien de temps ? demandai-je d'une voix forte afin de couvrir le bruit environnant.
— Peu de temps après mon arrivée ! Je t'ai appelé tout de suite !

A l'inverse de la fois précédente, les pulsations lumineuses avaient l'air d'avoir trouvé leur rythme de croisière et battaient à une cadence régulière. Le bourdonnement me paraissait moins assourdissant, ce qui le rendait davantage supportable. Autour de nous, le temps semblait s'être arrêté.

Pendant que l'étrange phénomène se poursuivait, Manon se dirigea vers une petite armoire et en sortit du matériel de protection afin de limiter les effets néfastes éventuels des rayons et du bruit. Après avoir enfilé une paire de lunettes et un casque antibruit, je décidai de m'approcher de l'écran afin de mieux distinguer les contours de la carte projetée. En parallèle, Manon s'était placée près du totem et tentait de détecter de possibles traces de radioactivité provenant de la pierre de jade au moyen d'un compteur Geiger. Il n'y avait plus de courant et excepté les appareils sur batterie comme le caméscope, aucun autre ne fonctionnait.

De mon côté, le regard fixé sur la carte, je n'avais toujours pas la moindre idée de l'endroit qu'elle essayait de me dévoiler. Une île aux contours très irréguliers semblait y être représentée, mais cela aurait pu tout aussi bien être un lac enclavé dans une terre. Je me retournai alors vers Manon, dont le compteur Geiger restait désespérément calme, et vis sur le totem un détail que je n'avais pas remarqué la première fois : à chaque battement lumineux, de nouveaux traits de peinture apparaissaient puis disparaissaient sur les trois visages. Jusqu'alors indécelables, ils formaient de nouvelles expressions et supposaient donc une traduction différente. Faisant presque bondir Manon de surprise, je m'emparai de la caméra et la braquai sur chacune des trois faces afin de pouvoir les traduire par la suite. Les traits devaient être peints avec un pigment sensible à la lumière émise par le jade et restaient donc invisibles le reste du temps. Presque apaisé par le rythme régulier qui avait envahi le labo, des dizaines de questions encore sans réponse se bousculaient dans ma tête. Manon m'interrogea du regard mais je ne savais même pas par quoi commencer tant j'étais excité par ce qui se déroulait devant nous. Soudain, alors que j'allais lui faire signe de me rejoindre devant le totem, tout s'arrêta. Le néant s'était emparé de la pièce, créant une atmosphère lourde et inquiétante. Désorienté, je sentais les battements de mon cœur jusque dans mes tympans. Aucun de nous n'osa prononcer un mot. Pendant de longues secondes, rien ne se passa. Puis, un néon clignota, suivi d'un second, et la lumière envahit de nouveau la pièce. En parallèle, tous les ordinateurs et appareils d'analyses du labo se réinitialisèrent. C'était comme si la pierre s'était nourrie de l'énergie qui l'entourait afin de transmettre son message. Manon parla la première, presque désemparée :

— Si ce qui vient de se passer s'est réellement passé, je suis incapable de te fournir une explication rationnelle… Enfin, pour le moment ajouta-t-elle en fixant le totem sans ciller.

Obnubilé par le fait d'avoir enfin des preuves de ce que j'avais vu à Kashi, je n'avais toujours pas fait le moindre geste. Ma fatigue n'était plus qu'un lointain souvenir et une fois nos lunettes et notre casque de protection enlevés, je demandai à Manon :

— Tu as un ordinateur avec un logiciel de capture vidéo ?

Sans nous être concertés, Manon et moi étions prêts à passer la nuit entière à tenter de comprendre ce qui venait d'avoir lieu sous nos yeux. Cette histoire était si étrange qu'elle avait réussi sans difficulté à capter et attiser notre curiosité et notre envie d'en savoir davantage. Après avoir relié le caméscope à l'ordinateur et y avoir transféré les images, je sélectionnai les captures d'écran de la carte et des trois nouveaux visages.

Manon n'avait aucune donnée à analyser car la plupart des appareils de mesures du labo n'étaient pas fonctionnels pendant le phénomène. Elle se retrouvait donc dans l'une des situations les plus insupportables pour elle : se sentir inutile et ne rien pouvoir faire. Résignée et curieuse, elle finit par s'installer à mes côtés.

— Ça ne s'est pas déroulé comme la première fois, dis-je intrigué, tout en triant les images issues de la vidéo.

— Il y a certainement eu quelque chose de différent cette fois-ci, un élément qui a empêché la pierre de s'emballer. Tu sais bien que lors d'une expérience scientifique, la moindre variation d'un paramètre peut modifier les résultats de manière radicale, me rappela-t-elle.

— Beaucoup de paramètres étaient différents cette fois-ci, difficile de savoir lequel a eu une réelle influence, ajoutai-je songeur.

Pendant que Manon réfléchissait à une explication censée, j'avais réussi à extraire quatre images de très bonne qualité. J'affichai les trois premières et découvris les visages modifiés.

— Tu peux les traduire, demanda-t-elle les yeux fixés sur l'écran.

— J'espère, dis-je en sortant le tableau de correspondance de ma pochette.

Je me mis donc au travail. A côté de moi, Manon ne tenait plus en place. Si elle ne trouvait pas quelque chose à faire dans les prochaines minutes, elle allait mourir d'ennui. Pendant que j'imprimais les quatre photos, elle quitta sa chaise et se dirigea vers le totem afin d'entreprendre de nouvelles analyses. Je pris les pages imprimées et les étalai à côté du tableau de correspondance sur une grande paillasse surplombée d'une lampe orientable. Je les avais disposées dans l'ordre, de haut en bas, et m'attelai à la traduction du premier visage correspondant, à l'origine, au mot ÉNERGIE. Je parcourus la totalité du tableau avec attention, passant en permanence d'un document à l'autre tant certains visages se ressemblaient. Après une seconde lecture, je trouvai enfin celui qui concordait et lu à voix basse le mot associé : DANGER. Ce premier mot n'était pas très rassurant, mais il décupla la sensation d'ivresse qui s'emparait de moi. Je le notai puis passai à la seconde photo. Même méthode, même résultat, et un second mot : BESOIN. Il ne restait plus qu'un mot à trouver mais j'avais déjà ma petite idée. Une fois le visage identifié, je fis glisser lentement mon doigt le long du tableau jusqu'au mot AIDE.

DANGER – BESOIN - AIDE

Ce totem s'avérait être un appel au secours, une sorte de balise envoyée par une personne en danger quelque part. Un endroit probablement indiqué sur la carte qui se projetait à chaque activation du signal. Ce que je ressentais était indescriptible. J'étais littéralement fasciné par le côté surnaturel et mystérieux de cette découverte. Ce totem, que j'avais failli laisser au beau milieu du Taklamakan et considéré ensuite comme un bibelot inutile, était en fait l'objet le plus passionnant que j'avais jamais découvert.

A l'autre bout du laboratoire et plongée dans son travail, Manon parcourait le totem au moyen d'un néon ultraviolet, dans le but de faire réapparaître les traits de peinture invisible. J'avais envie de courir lui divulguer les trois nouveaux mots mais il me restait une chose à effectuer avant cela, une chose qui ne pouvait pas attendre : tenter de trouver le mystérieux « endroit » dissimulé sur la carte. En cas de réussite, cela annoncerait le début de la plus extraordinaire de mes expéditions. Je saisis donc la quatrième et dernière page et pris une grande inspiration. Je n'avais aucune idée de l'heure mais la nuit semblait bien avancée. Dehors, les reflets argentés de la lune éclairaient les rangées d'arbres qui bordaient le bâtiment et dont les branches frémissaient sous l'action d'un vent à peine perceptible. Je me repenchai sur la précieuse image, impatient à l'idée de parvenir à localiser la partie du monde représentée et de percer l'ultime secret de la pierre de jade. Durant les quinze minutes suivantes, je restai concentré face à la carte, la tournant dans tous les sens en espérant avoir une révélation, sans succès.

Manon me rejoignit et se posa à mes côtés.

— Tu t'en sors ? me demanda-t-elle d'un ton las et compatissant.
— J'ai trouvé une correspondance pour les trois visages lui répondis-je sans quitter la carte des yeux. Mais je sèche là-dessus, ajoutai-je dépité en jetant la feuille sur la table.

Je commençais à perdre patience. Je devais m'arrêter un moment, manger et boire quelque chose afin de reprendre des forces. Manon, également frustrée de n'avoir rien trouvé, semblait plus fatiguée que jamais.

— Viens, on fait une pause, lui dis-je. J'ai besoin d'un café et de ma dose de sucre si je ne veux pas finir endormi sous une table. Et vu ta tête, tu ferais mieux de venir avec moi !

— Je te remercie du compliment très cher, mais si tu voyais la tienne, tu gagnerais le concours.

Même épuisée, Manon voulait avoir le dernier mot. Je lui laissai ce privilège et la suivis jusqu'aux distributeurs de boissons et de nourriture installés à l'étage.

Les petits fauteuils en cuir disposés dans le coin détente du second étage étaient plutôt confortables. Quelques magazines scientifiques se trouvaient sur une petite table et des affiches de futures conférences ornaient une partie des murs. Même en pause, les employés de l'I.M.R. ne pouvaient s'empêcher de travailler. Pensive, Manon avait terminé de manger sa pomme et sa barre de céréales. Elle sirotait à présent son cappuccino brûlant. Debout face à la baie vitrée qui donnait sur la forêt du Madrillet, je finissais de boire mon expresso. Il était presque 3h30 du matin et sur le site du technopôle, tout était tranquille. En ce mois de juillet, vacances scolaires obligent, le campus était vidé de ses occupants. Je me tournai vers Manon et dis en lançant mon gobelet dans la poubelle :

— C'est un appel au secours.

— De quoi ? demanda-t-elle, comme si mes mots l'avaient tiré de son sommeil.

— Le totem, précisai-je. C'est une sorte de bouteille à la mer, une demande d'assistance. Les trois visages qui apparaissent quand la pierre se déclenche signifient DANGER, BESOIN et AIDE.

Manon m'écoutait avec attention pendant que je continuais mon exposé :

— La ou les personnes qui ont envoyé ce totem sont en danger quelque part et d'après moi, cet endroit doit être indiqué sur la carte émise par le jade lors de l'activation.

Complètement absorbé dans mes pensées, je faisais les cent pas entre les fauteuils. De son côté, Manon semblait un peu perdue, tiraillée entre sa rigueur scientifique et la part trop importante de surnaturel qui l'entourait.

— Plus j'y réfléchis, poursuivis-je, plus je pense que mon interprétation des trois premiers visages est de plus en plus plausible. Une fois à proximité de cet endroit, le totem doit servir de clé pour pouvoir y accéder.

Au fur et à mesure de mes explications, je sentis Manon se laisser convaincre et envisager la vraisemblance de ma théorie.

— C'est sûrement déjà trop tard, dit-elle. Qui sait combien de temps ce totem a dérivé et est resté planté dans le désert ? N'oublie pas qu'il est âgé de plus de 2800 ans !
— Et d'après toi, quel est le seul moyen de le savoir ? lui demandai-je.

De retour dans le labo, Manon avait pris place à côté de moi et auscultait à son tour le morceau de papier.

— C'est pas très parlant, dit-elle. Il n'y a rien à part cette forme irrégulière. Ça pourrait être une île mais je ne vois ni échelle, ni légende, ni la moindre indication… Tu es sûr que c'est une carte ?
— Que veux-tu que ce soit d'autre ? lui demandai-je.
— J'en sais rien… répondit-elle d'un air désabusé. Une partie d'un dessin plus grand, une figure abstraite,

peut-être même un simple éclat microscopique dans la pierre qui ne signifie rien du tout…

Découragé, je m'accoudai sur la table et plaquai mes mains sur mon visage. J'essayais de ne penser à rien et d'évacuer tous les éléments qui s'entrechoquaient dans ma tête et m'empêchaient de me concentrer. Tout à coup, je devinai une présence au-dessus de moi. Manon semblait fixer quelque chose par-dessus mon épaule et je sentis sa respiration effleurer la base de mon cou avec douceur. Son souffle s'arrêta et elle dit d'une voix fébrile :

— Nico, ne bouge pas.

Ses doigts se posèrent alors sur ma nuque, provoquant une vague de frissons le long de mon dos, et elle descendit légèrement le col de mon tee-shirt. Je l'entendis murmurer :

— Mais qu'est-ce que …

Je ne bougeais toujours pas, participant malgré moi à son nouveau délire. Elle connaissait mon aversion pour les insectes volants tels les papillons de nuit et autres « cousins ». Je la soupçonnais donc d'essayer de me persuader qu'un de leurs congénères s'était posé sur moi. J'entendis un tiroir s'ouvrir, une main peu assurée fouiller à l'intérieur, puis un bruit d'électronique. Un flash envahit la pièce, un autre quelques secondes plus tard, et Manon lâcha mon tee-shirt. Amusé, je me relevai et dis tout en me retournant :

— Tu crois que c'est le moment de faire des blagues ?

Mais Manon n'était plus derrière moi. A l'autre bout de la pièce, elle avait déjà inséré la carte mémoire de l'appareil photo dans l'ordinateur et imprimait les deux clichés qu'elle venait de prendre. Elle revint vers moi aussi vite, tenant entre ses doigts les deux photos fraîchement imprimées, puis posa l'une des deux sur la table à côté de la carte.

— Mais qu'est-ce que... m'entendis-je murmurer en découvrant l'image.
— A gauche c'est la carte projetée par ton totem. A droite, c'est l'une de tes marques de naissance que je viens de prendre en photo, martela la voix de Manon.

J'étais sidéré. Les deux images étaient parfaitement identiques.

Origines

Après la découverte déconcertante de Manon, je m'étais allongé quelques minutes pour encaisser, me laissant emporter par le sommeil. Je me réveillai dans la salle de repos du labo, allongé sur un sofa et sous une fine couverture. Le jour s'était levé et je dus cligner des yeux à de nombreuses reprises afin de dissiper le voile qui m'empêchait de voir distinctement. Je me redressai et restai assis quelques instants sans bouger.

A travers la grande vitre qui donnait sur le labo, je l'aperçus postée devant son ordinateur. Attirée par le mouvement dans le bureau, elle pencha la tête sur le côté de l'écran et me fit un sourire. Elle avait les traits tirés et ne semblait pas avoir fermé l'œil de la nuit. Je lui rendis son sourire et la rejoignis.

— Ça va ? me demanda-t-elle d'une voix faible, terminant sa question par un long bâillement.

— Pour être honnête, je ne sais pas, lui répondis-je toujours perturbé.

De nombreuses questions envahissaient mes pensées.

Et si ce n'était pas une coïncidence ? Pourquoi la carte projetée par le totem ressemblait à l'une de mes marques de naissance ? Finalement, qui, du totem ou de moi, avait découvert l'autre ?

Manon ajouta :

— J'ai continué à travailler un peu pendant que tu te reposais. Je ne sais pas comment l'interpréter, dit-elle tout en cliquant sur son écran, mais j'ai superposé les deux images – celle de la carte et celle de ta marque de naissance – et pas de doute, elles sont identiques, trait pour trait.

Je me postai derrière elle afin de voir l'écran et dû me résoudre à l'évidence : il n'y avait aucune différence entre les deux images. J'encaissai le choc sans ciller, concentré et déterminé à comprendre le sens de tout cela.

Elle poursuivit :

— J'ai pris une autre photo hier, une sorte de vue d'ensemble, sur laquelle on voit tes cinq marques. Regarde, me dit-elle intriguée, chacune d'elle a une forme distincte... Et... Et s'il y avait d'autres totems ?

Elle semblait avoir abandonné toute rigueur scientifique à présent. Noyée sous plusieurs vagues d'indices en faveur de ma thèse, son raisonnement se rapprochait de plus en plus du mien.

Pour ma part, même si je m'étais déjà rendu compte de la singularité de mes marques de naissance, je n'y prêtais plus attention depuis longtemps. Leur disposition et leur forme m'avaient toujours fait penser à une fleur à cinq pétales. D'après la photo prise par Manon, la figure projetée par le totem correspondait au pétale supérieur droit. Au vu de ces informations, il était maintenant certain que j'étais lié d'une manière ou d'une autre à ce totem. Et j'étais persuadé de trouver ce lien dans les cinq premières années de mon enfance.

— Tu devrais appeler ta mère, me suggéra Manon. Elle pourra peut-être te donner des renseignements supplémentaires sur tes origines, un détail lui reviendra peut-être.

— J'allais le faire, lui répondis-je tout en sortant mon téléphone de ma poche et en me dirigeant vers le bureau.

Tout comme moi, elle avait compris le rapport avec mon enfance. Plusieurs mois après notre première rencontre, je lui avais parlé du mystère qui entourait les premières années de ma vie. Je me souviens encore de ses nombreuses tentatives m'incitant à en savoir davantage. A vrai dire, je ne m'étais jamais senti prêt. La peur de découvrir une vérité déstabilisante ou au contraire d'être frustré de ne rien trouver avait toujours été plus forte que ma curiosité. A présent, la découverte du totem avait changé la donne : l'heure était venue.

Je m'étais isolé moins d'une dizaine de minutes dans le bureau afin de téléphoner à mes parents. Après quelques recherches, ma mère avait fini par retrouver le classeur renfermant les documents relatifs à mon adoption. Il y avait en particulier un dossier médical et un dossier psychologique, contenant les résultats des examens passés à l'hôpital Kiang Wu, ainsi que les détails de l'adoption. J'avais déjà feuilleté ce classeur à plusieurs reprises et connaissais la plupart des informations qu'il renfermait. J'avais besoin d'une donnée en particulier : l'adresse du centre qui m'avait recueilli vingt-trois ans auparavant.

Après avoir raccroché, je revins vers Manon et tapai l'adresse du centre *Os Girassóis – Les Tournesols* en portugais – dans Google Maps afin de le localiser. Ce dernier se trouvait sur l'île de Coloane, l'île la plus au sud du territoire de Macao. J'en profitai pour noter le numéro de téléphone.

— Tu vas y aller ? me demanda-t-elle.
— Si c'est le seul moyen d'en savoir plus sur moi et sur ce totem, je n'ai pas le choix. Je dois y aller, répondis-je d'un ton décidé.

Je devais partir vite. Ma soif de découverte ne laissait pas de place à la patience. Cette fois, le désir était encore plus fort puisqu'il pouvait aboutir à des révélations sur une part mystérieuse de mon passé.

— Accompagne-moi ! dis-je à Manon sans réfléchir.
— Quoi ? Tu es fou, et mon travail ? Je ne peux pas partir comme ça, lança-t-elle, presque paniquée.
— Justement, ça te fera des vacances ! Et puis, on a découvert ça ensemble, tu n'es pas curieuse de savoir ce qui se cache derrière ?

— Bien sûr, mais je ne peux pas Nico, je suis désolée. Je ne peux pas abandonner le labo, mes projets, et pour une durée indéterminée qui plus est…

Ce n'était pas la peine d'insister, je le vis dans ses yeux. Au fond de moi, j'étais persuadé qu'elle mourrait d'envie de venir, mais m'obstiner n'aurait servi à rien. Je détournai mon regard du sien et répondis déçu :

— Ok, je comprends… Je t'appellerai de temps en temps pour te tenir informée alors.
— J'espère bien, me dit-elle plus détendue et accompagnant ses mots d'un sourire. Tu comptes partir quand ?
— Le plus tôt possible, tu me connais.

Tout en rassemblant mon dossier déjà épaissi de quelques pages supplémentaires, je lui demandai de me réimprimer les deux photos prises cette nuit. Elle s'affaira sur son ordinateur et les deux pages sortirent aussitôt de l'imprimante. Je les observai une fois de plus, toujours incrédule, les glissai dans mon dossier puis rangeai ce dernier dans mon sac, aux côtés du totem. J'étais prêt à quitter le labo et à rentrer chez moi pour planifier mon voyage. Manon se posta devant moi, les yeux rougis par la fatigue, et m'enlaça.

— Tu sais, murmura-t-elle, j'aurais vraiment aimé venir avec toi là-bas. Je veux que tu saches que j'ai beaucoup apprécié les moments qu'on a passé ensemble ces dernières semaines et ça va me manquer de ne plus te voir…

Presque tétanisé par cette proximité soudaine, je répondis d'une voix tremblante :

— Je… j'ai… euh… moi aussi j'ai beaucoup aimé te voir plus souvent, c'était très… agréable.

Elle sourit, amusée par mon embarras. En effet, j'étais très mal à l'aise. La situation ne me gênait pas au contraire. Manon me plaisait beaucoup et j'étais ravi de cet élan d'affection. Mais je manquais d'assurance et ne savais pas comment réagir. Je sentais son souffle régulier au creux de mon cou et dans un élan de courage, je décidai de passer ma main autour de sa taille. En guise d'au-revoir, elle m'embrassa avec tendresse sur la joue, puis ajouta :

— Allez, va-t'en, et pense à m'appeler de temps en temps !

— T'inquiète, et toi pense à te reposer un peu. T'as pas dormi de la nuit et ça se voit, on dirait un zombie, lui dis-je un peu plus détendu.

— Ok, super, merci pour le compliment... marmonna-t-elle.

Elle recula et croisa les bras, comme si elle était vexée.

— Allez, file ! Je ne voudrais pas te ralentir. Enfin, sauf si tu préfères envoyer des méchancetés à une femme sans défense et trop fatiguée pour répliquer.

— D'accord, d'accord, je te laisse tranquille. A bientôt alors !

— A bientôt Nico, attention à toi et bon voyage.

Le trajet en métro vers le palais de justice m'avait semblé très bref. En plus d'être épuisé, mon esprit était embrouillé par ma future mission et les derniers instants passés avec Manon. En revanche, la traversée du centre-ville jusque chez moi parut interminable. Arrivé à l'appartement, je posai mon sac dans le salon, allai directement dans ma chambre et me laissai tomber sur le lit.

Je me réveillai quelques heures plus tard, tiraillé par la faim et la soif. Après un repas express et une douche, je décidai de contacter le centre d'accueil à Coloane. Je composai le numéro et après deux sonneries, une femme me répondit en portugais :

— Olà, orfanato « *Os Girassóis* » ?[1]

J'avais une facilité pour apprendre les langues mais jusqu'à maintenant, j'avais eu très peu d'occasions de pratiquer celle-ci. Je passai donc directement à l'anglais mais mon interlocutrice semblait ne rien comprendre. Au bout de quelques secondes, j'abandonnai et raccrochai. Même si je n'avais récupéré aucune information, j'étais au moins certain que le centre existait toujours.

Je démarrai donc l'ordinateur et partis en quête d'un billet d'avion pour Macao. Malheureusement, les prix pour un départ dans les trois prochaines semaines étaient exorbitants. En cette période estivale, la destination était prise d'assaut. Je devrais donc m'armer de patience ou trouver une alternative. Je poursuivis donc mes recherches et finis par tomber par hasard sur le site Internet d'une compagnie de ferry. Cette dernière reliait Hong-Kong à Macao en moins d'une heure. Par chance, Hong-Kong avait un peu moins de succès et je réussis à

---

1 Bonjour, orphelinat Les Tournesols ?

trouver une place sur un vol partant le 4 août, soit huit jours plus tard.

*
* *

Cette semaine d'attente fut la plus longue de ma vie. De son côté, Manon paraissait à la fois heureuse que je reste encore un peu et frustrée de devoir patienter pour en savoir plus. En attendant mon départ, nous nous étions revus à trois reprises. Chaque rencontre nous avait permis d'élaborer les théories les plus folles mais aussi de nous rapprocher l'un de l'autre.

N'ayant jamais mis les pieds à Macao, j'avais également profité de ce contretemps pour perfectionner mon portugais. Je visitai aussi quelques sites Internet et blogs de routards afin d'apprendre à connaître ma future destination. Situé au sud de la Chine, composé d'une péninsule et de deux îles, Macao était un territoire en pleine expansion. Ses très nombreux casinos et complexes hôteliers en faisaient l'une des destinations touristiques les plus à la mode. Trois immenses ponts permettaient de rattacher la péninsule de Macao à la première île nommée Taipa. Ensuite, pour rejoindre Coloane, il fallait emprunter une digue à laquelle s'était greffé une bande de terre gagnée sur la mer d'environ 5 kilomètres carré : Cotai. C'est dans cette zone que se construisait le plus grand boulevard artificiel entièrement consacré au jeu.

Offert par la Chine au Portugal au 16ème siècle en récompense de leur soutien dans la lutte contre les pirates, Macao avait été rétrocédé à la Chine en 1999. L'endroit arborait donc une double culture, un savoureux mélange qui se dégustait surtout à la vue des nombreuses maisons chinoises traditionnelles peintes en couleurs pastel. La langue officielle était le portugais, même si le cantonnais et le mandarin restaient très pratiqués. L'anglais avait fini par se créer une place de choix parmi les autres langues grâce à l'éclosion de Macao comme place mondiale du jeu.

Le centre des Tournesols se situait sur l'île de Coloane, ancien bastion des pirates. D'après la carte, il était accolé à la chapelle Saint François-Xavier, monument emblématique du petit village. Annexée en dernier au reste du territoire, l'île de Coloane était décrite par de nombreux baroudeurs comme un lieu encore préservé. Les plages et les kilomètres de chemins de randonnée parvenaient encore à lutter contre le modernisme et la démesure qui continuaient à s'emparer de la péninsule et de Taipa.

En cette veille de départ, je profitai d'un instant pour envoyer un e-mail à Rubeli. Je lui donnai quelques nouvelles à propos de la progression de mes investigations et l'informai de mon absence de France pendant quelques temps pour raisons personnelles. J'évitai de faire le lien avec le totem pour ne pas éveiller sa curiosité. Après tout, ce n'était pas un mensonge puisque j'allais à Macao pour en savoir plus sur mes origines.

Je rassemblai ensuite mes affaires rangées quelques semaines plus tôt. Je déballai un carnet de cuir neuf et le posai sur la table, aux côtés du GPS et du téléphone satellite. Je laissai ma main glisser sur la couverture de cuir neuf dont l'odeur et l'aspect contrastaient fortement avec les senteurs, les craquelures et autres marques qui s'y imprégnaient au cours de chacune de mes expéditions.

Avec le temps, préparer mon sac était devenu une opération très organisée : chaque objet avait sa place, chaque emplacement son utilité. Moins d'une dizaine de minutes plus tard, tout était prêt et seul le totem trônait encore fièrement sur mon bureau. Cette semaine, je l'avais gardé en permanence à portée de main. Mais depuis la nuit au labo, rien ne s'était passé et l'activation de la pierre demeurait un mystère.

Ce soir-là, je ne me couchai pas très tard mais je mis beaucoup de temps à trouver le sommeil. Mon cerveau était en ébullition et j'espérais réussir à combler ma soif de questions avec ce voyage. De longues minutes s'écoulèrent avant que je ne parvienne à vider mon esprit et à m'endormir sereinement, une main posée sur la nuque.

Les Tournesols

Jeudi 5 août 2010

Je détestais les atterrissages.

La scène d'action du film qui défilait sur mon écran s'interrompit et laissa place aux images de la piste. Mes mains se crispèrent sur les accoudoirs et je m'efforçai de rester détendu malgré le stress. Autour de moi, les « habitués » ne prêtaient aucune attention à ce qui se passait. Parmi les autres passagers, je parvins à en repérer plusieurs dans un état proche du mien, ce qui eut pour effet de me rassurer un peu. Quelques secondes plus tard, l'avion se posa en douceur et je poussai un long soupir de soulagement tout en souriant au son des acclamations adressées au pilote par une vingtaine d'imbéciles, dont moi. Après un peu moins de vingt-quatre heures de voyage et une courte escale à Shanghai, j'étais enfin arrivé à Hong-Kong.

Mon séjour sur place ne durerait que très peu de temps. En faisant jouer ses relations sur l'île, Manon avait réussi à me dénicher une chambre au Central Park Hotel, dans le quartier de Sheung Wan, à quelques minutes à peine du terminal de ferry. Elle y avait passé plusieurs jours à l'occasion d'une conférence six mois auparavant et avait sympathisé avec le directeur.

Hong-Kong était un territoire plutôt éparpillé, composé d'un archipel de plus de deux cents îles et d'une péninsule. La ligne de métro Airport Express, qui partait de l'île de Lantau - sur laquelle était situé l'aéroport - rejoignait ensuite la péninsule de Kowloon pour traverser à nouveau la mer et enfin rallier l'île de Hong-Kong. Je n'étais pas tombé en pleine heure de pointe et le trajet jusqu'à la station Central se déroula sans encombre. Je parcourus le reste du chemin à pied pour admirer les échoppes d'Hollywood Road, surnommée la rue des antiquaires. Vers 18h00, je sortis de la dernière boutique et rejoignis le parc qui bordait l'hôtel.

Après m'être annoncé à la réception, un jeune homme me conduisit jusqu'à ma chambre après avoir longuement insisté pour porter mon sac. Sans doute séduit par Manon, le directeur avait mis les petits plats dans les grands : une magnifique chambre dont la vue donnait en plein sur le parc, un panier de fruits et une bouteille de Gewurztraminer ainsi qu'une table au restaurant de l'hôtel pour le dîner. Le groom déposa mon sac près du lit et me tendit une enveloppe avant de quitter la chambre. Cette dernière contenait un billet de ferry pour un départ le lendemain matin à huit heures.

La soirée et le repas avaient été plutôt agréables mais la fatigue accumulée durant le vol m'obligea à les écourter. Le lendemain, à l'heure prévue, presque réveillé, je m'installai à bord d'un ferry de la compagnie CotaiJet en direction de Macao. La traversée dura environ une heure. Perdu au milieu de la mer méridionale de Chine et entouré de touristes de toutes nationalités en mal de jeux d'argent, je décidai de profiter du calme relatif pour poursuivre la rédaction de mon carnet.

Le ferry accosta sur Taipa, près de l'aéroport de Macao dont la piste était construite sur une île artificielle. Depuis le terminal, plusieurs rangées de taxis noirs au toit couleur crème guettaient les vacanciers tels des lions prêts à bondir sur leur proie. Par économie de temps, je préférai le bus et pris la ligne 26A à destination de Coloane. Le voyage me sembla court et me permit de voir les immenses chantiers qui accueillaient les projets d'architectes extravagants. Des centaines d'ouvriers fourmillaient entre les structures des futurs hôtels, pendant que les grues et les camions réalisaient un véritable ballet. Plus nous descendions vers Coloane, plus ces zones se raréfiaient. Elles laissaient place à un havre de verdure dont le charme était renforcé par le temps magnifique qui inondait l'île aujourd'hui.

Le bus me laissa en plein centre de Coloane, face à la mer, à proximité de la place du village. Parsemée d'arbres centenaires et pavée en mosaïque, elle côtoyait l'emblématique petite chapelle ocre et blanche Saint François-Xavier. J'avais l'impression d'être à Lisbonne tant l'architecture portugaise et ses façades colorées étaient prédominantes. Les arcades, découvertes en photos quelques jours plus tôt sur Internet, donnaient naissance aux terrasses déjà bien remplies des cafés et des restaurants. Je contournai le petit obélisque dressé en commémoration de la victoire sur les derniers pirates et m'arrêtai au pied de la chapelle. Quelques touristes y étaient réunis, hésitant à chambouler leur journée planifiée à la minute pour prendre un verre ou visiter l'intérieur de l'édifice comme prévu.

La chaleur commençait à se faire sentir. Je sortis la bouteille d'eau prise à l'hôtel avant de partir de Hong-Kong et en bus plusieurs gorgées rafraîchissantes. Tout en la rangeant dans la poche latérale de mon sac, j'entrepris de faire le tour du monument à la recherche du centre d'accueil. En moins d'une minute, je trouvai une petite maison qui y était accolée, sans doute une ancienne dépendance de la chapelle. La vieille porte d'entrée, rénovée grâce à une couche de peinture bleu pastel, était surmontée de lettres en fer forgé qui indiquaient : *Os Girassóis*.

J'y étais. Et malheureusement pour moi, l'appréhension ne m'avait pas laissé y aller seul. Immobile devant la porte close, je sentis la vague d'angoisse qui déferlait en moi. Dans quelques minutes, je saurais peut-être qui était cet enfant de cinq ans retrouvé ici il y a plus de vingt ans.

Je parcourus difficilement les derniers mètres qui me séparaient de l'entrée et alors que je m'apprêtais à toquer à la porte, un cliquetis se fit entendre et la porte s'ouvrit. Un panier en osier apparut, suivi d'une dame âgée d'une soixantaine d'années. Elle s'adressait en portugais, et d'une voix plutôt forte, à une autre personne qui se trouvait à l'intérieur. Une voix de femme, plus jeune, lui répondit, puis elle passa la porte et tomba nez à nez avec moi. Elle s'arrêta net, pas du tout inquiétée, et m'inspecta de haut en bas d'un air sérieux. Remarquant mon sac à dos, elle devint aussitôt plus souriante et me demanda dans un anglais peu assuré :

— Touriste ? Vous voulez visiter la chapelle ?

Elle me montra Saint François-Xavier, et me fit signe de la suivre pour m'indiquer comment effectuer la visite. Elle ressemblait à une sorte de missionnaire venant d'Europe ou d'Amérique du Sud afin d'œuvrer pour le centre. Sur son gilet blanc en tissu léger, un badge indiquait son prénom : Florbela. Je l'interrompis poliment et pris quelques minutes afin de lui expliquer le but réel de ma visite sur Coloane : mon séjour dans ce centre vingt-trois ans auparavant et mon désir d'en savoir davantage sur les circonstances de ma découverte. Ne saisissant pas mes explications, elle rouvrit la porte et appela d'une voix forte :

— Adelina! Vem cá faz favor![2]

La même voix qu'avant lui répondit, d'un air exaspéré :

— Já vou maẽ, já vou ![3]

---

2 Adelina ! Viens s'il-te-plaît !

3 J'arrive maman, j'arrive !

Une jeune femme apparut par la porte entrouverte et m'inspecta à son tour. Elle comprit assez vite qu'elle devrait juste faire preuve de ses talents linguistiques pour venir en aide à un touriste égaré. Je me présentai et lui expliquai donc en anglais les raisons de ma venue. Adelina traduisit le tout à Florbela qui changea soudain d'expression. Elle me dévisagea comme si elle avait vu un fantôme puis fixa la jeune femme d'un regard inquiet. A présent, elle s'adressait à elle d'un air presque apeuré. Adelina semblait ne pas comprendre sa réaction et tenta d'en savoir plus. Florbela se pencha vers elle et lui murmura quelque chose.

Gênée, Adelina traduisit :

— Pardon de vous demander cela mais ma mère voudrait … enfin… pourriez-vous poser votre sac et vous retourner s'il vous plaît ?

D'abord intrigué par cette surprenante demande, je m'exécutai puis en compris le sens. D'une main, je baissai un peu le col de ma chemise en lin et sentis illico les deux paires d'yeux se poser sur ma nuque. Tout à coup, j'entendis le bruit léger du panier en osier tombant sur le sol ainsi que le murmure craintif lâché par Florbela :

— Meu Deus…[4]

Je tournai la tête et lus le désarroi sur son visage. A ses côtés, Adelina était stupéfaite. Les yeux fixés sur moi, elle paraissait choquée et s'appuya d'une main sur le mur, comme si tout s'écroulait autour d'elle. Elle lança alors un regard noir à sa mère et tourna les talons pour retourner à l'intérieur. Florbela tenta de la retenir mais elle dégagea son bras en lançant un probable « *Laisse-moi* ». D'un pas décidé, elle entra dans le centre, claquant la porte avec force. Les larmes aux yeux, Florbela s'assit sur les marches en pierre de l'entrée.

De mon côté, j'étais sidéré par ce qui venait de se produire. J'avais assisté à un véritable clash entre les deux femmes. Je me sentais coupable de l'avoir provoqué en venant ici, même si je ne saisissais pas en quoi la vue de ma marque de naissance pouvait en être à l'origine. Sur le sol, je ramassai une liste de courses. Écrite d'une main d'homme, elle s'était échappée du

---

[4] Mon Dieu...

panier lors de sa chute. Je la tendis à Florbela et, ne voulant pas aggraver davantage la situation, je m'excusai auprès d'elle et m'apprêtai à partir. Elle ne répondit pas. Confus, je ramassai mon sac, tournai les talons puis quittai le centre.

Je ne savais pas vraiment où aller à présent. Je n'avais pas prévu une telle situation et j'étais plutôt abattu. Arrivé sur la place du village, une main se posa sur mon épaule. Je me retournai et découvris Florbela qui m'avait suivi.

— Viens avec moi, je vais t'expliquer, dit-elle d'une voix tremblante et dans un anglais maladroit.

Florbela avait recouvré ses esprits et je décidai de la suivre jusqu'au centre. Son inquiétude semblait s'être transformée en soulagement à présent.

Toujours troublé par la dispute que j'avais provoquée, je m'excusai à nouveau auprès d'elle. Sa réponse me surprit :

— Ce n'est pas grave, ça devait forcément arriver un jour. Je n'aurais pas dû… Mais vas-y, entre *meu pequeno*.[5]

---

5 mon petit.

*
* *

L'accueil du centre ressemblait à une salle d'attente. Quatre petits fauteuils en tissu coloré y étaient disposés autour d'une table basse. Protégé par des murs épais, il y faisait frais. L'atmosphère était malgré tout très chaleureuse grâce aux couleurs et aux nombreuses décorations qui ornaient la pièce. Florbela me pria de m'installer et me proposa de la limonade. J'acceptai et elle s'éclipsa dans une petite pièce, derrière un comptoir en bois qui lui servait sans doute de bureau. J'étais étonné par le contraste entre sa détresse de tout à l'heure et le calme dont elle faisait preuve maintenant.

Elle revint avec un plateau et trois verres de limonade qu'elle déposa sur la table.

— Adelina s'est enfermée dans sa chambre, elle ne veut pas me parler, m'annonça-t-elle.

Son anglais était loin d'être parfait et j'éprouvai des difficultés à la comprendre. Mais vu mon faible niveau de portugais, il valait mieux continuer ainsi.

— Je peux faire quelque chose ? lui proposai-je.
— Je ne crois pas mais tu peux toujours m'accompagner, répondit-elle en me faisant signe de la suivre.

Après avoir traversé un petit corridor et grimpé un escalier étroit en colimaçon, elle s'arrêta devant une porte et toqua. A l'intérieur, derrière des sanglots étouffés, une voix s'écria « *Va-t'en* » en portugais. Florbela tenta de la convaincre de sortir mais elle ne répondait plus.

Je m'approchai de la porte et essayai à mon tour :

— Adelina, c'est moi, Nicolas.

La voix, plus calme, me répondit en anglais :

— Je veux rester seule s'il vous plaît. J'ai besoin de rester seule.
— Écoutez, lui dis-je, je ne sais pas ce qui s'est passé en bas. Et je suis désolé si j'y suis pour quelque chose…

— Ce n'est pas votre faute, c'est elle la responsable, c'est elle qui a menti !

Je ne saisissais pas où elle voulait en venir. Les deux femmes s'étaient disputées après avoir vu ma marque de naissance, il y avait donc un rapport avec moi. D'une voix rassurante, j'ajoutai après quelques secondes de silence :

— Votre mère m'a promis de tout expliquer. Revenez quand vous vous sentirez prête s'il vous plaît, j'ai besoin de comprendre ce qui se passe. J'ai fait tout ce voyage pour ça, j'ai besoin de savoir qui je suis avant de repartir en France…

Alors que je tournai les talons pour regagner le salon avec Florbela, la porte s'ouvrit et Adelina en franchit le seuil sans un mot. Hésitante, les yeux encore rougis par les larmes, elle resta un instant immobile sur le palier.

— En France… ? Déjà… ? murmura-t-elle d'une voix triste. Alors, je viens.
— Merci, lui dis-je soulagé. Merci beaucoup.

Toujours silencieuse, elle s'approcha de moi, me serra contre elle. Je restai figé, surpris par cet élan d'affection de la part d'une parfaite inconnue. Elle frissonnait et je sentais son cœur battre à une vitesse incroyable. Derrière nous, j'entendis Florbela redescendre discrètement l'escalier. Une fois seuls, Adelina relâcha son étreinte et me lança un sourire affectueux. D'une voix émue, elle murmura :

— Non, merci à toi d'être venu.

J'étais complètement perdu. Une fois installé sur le sofa du salon, je pris mon verre de limonade et en bus une grande gorgée. Les deux femmes ne s'étaient toujours pas reparlées et Adelina paraissait encore très perturbée. Son esprit semblait être le théâtre d'une lutte acharnée entre des sentiments contradictoires. De la joie, elle passait en moins d'une seconde à la colère. De son côté, Florbela était résignée. Stoïque, elle avait bel et bien repris le dessus et se préparait à fournir des explications. Elle parla la première, cherchant à capter l'attention d'Adelina et à initier la discussion. Pendant plusieurs minutes, assis sur la couverture bariolée qui recouvrait le canapé, j'assistai à l'échange agité entre les deux femmes.

Soudain, Adelina croisa les bras et se tut. Florbela tenta de poursuivre mais sa fille ne lui répondait plus. Au fond de moi, j'étais désolé de m'être immiscé dans la vie tranquille de ces deux femmes et d'en perturber ainsi le déroulement.

— Que vous a-t-elle dit ? demandai-je à Adelina. J'ai besoin de réponses tout autant que vous. Et vous êtes la seule à pouvoir me traduire les explications que j'attends.

Les larmes aux yeux, elle se tourna vers moi et me sourit de nouveau. Puis, toujours très troublée, elle me demanda :

— Vous me reconnaissez ?

Surpris par sa question, je répondis :

— Pardon !? De quoi parlez-vous ?
— Vous savez pourquoi on a ça ?

Elle pivota la tête, ramena ses cheveux sur ses épaules et dévoila quelque chose qui ne m'était pas inconnu, une marque au niveau de sa nuque, la même marque que la mienne.

Abasourdi, les mots se bousculaient dans ma tête sans pouvoir s'en échapper. Je comprenais mieux sa réaction de choc lorsqu'elle avait découvert ma propre marque. Adelina poursuivit :

— Je vis ici depuis toute petite, depuis que Florbela m'a adoptée il y a vingt-trois ans. J'avais cinq ans à l'époque, mais je ne me souviens de rien avant ça… Elle vient de m'avouer qu'on nous a découverts ensemble et qu'on nous a séparés quelques semaines après.

Toujours choqué mais retrouvant la parole, je réalisai les conséquences de cet aveu :

— Attendez, vous êtes en train de me dire que nous pourrions être… frère et sœur ?
— Je ne sais pas, dit-elle d'une voix heureuse mêlée de sanglots. Vous ne vous souvenez de rien non plus ?
— Non, rien du tout. Je… je ne me rappelle rien avant mon arrivée dans ma famille adoptive.

Sa joie… la joie de ma… sœur semblait prendre le dessus sur tout le reste. Désormais, ses larmes naissaient du bonheur de retrouver un membre de sa famille. Suite à cette révélation, j'étais quasi incapable de définir mon ressenti. J'étais heureux bien sûr, mais aussi très troublé. Curieux d'en savoir plus, je lui demandai :

— Florbela vous… t'a-t-elle dit d'où on venait, où et comment on a été trouvé ? Il doit bien y avoir une trace, un dossier ou quelque chose ?

Elle se tourna vers sa mère adoptive et lui posa la question. Florbela s'éclipsa aussitôt de la pièce, sans doute à la recherche du fameux dossier.

— Je sais juste ce que ma mère m'a dit lorsque j'ai commencé à poser des questions, ajouta-t-elle. Elle m'a raconté qu'on m'avait retrouvée sur la plage de Cheoc Van. J'ai passé plusieurs jours à l'hôpital et après des examens médicaux, des docteurs ont conclu que j'avais dû subir un choc ayant provoqué une amnésie. Elle m'a recueilli ici et a décidé de m'adopter.

De retour dans la pièce, Florbela tenait entre ses mains une pochette cartonnée poussiéreuse et vieillie par le temps. Elle l'avait sans doute gardé dans le but de révéler un jour la vérité à sa fille adoptive. Avec un soupir de soulagement et avant de nous donner le dossier, Florbela se rassit et débuta le récit de notre découverte.

1987

Nuit du 4 au 5 septembre 1987, 04h00

Mer méridionale de Chine, au large de Coloane.

La mer était calme en cette nuit de septembre. Le capitaine du *San Marco* se trouvait sur le pont, accoudé au bastingage, contemplant les remous qui naissaient à la surface de l'eau au passage de son chalutier. Lui et son équipage venaient de hisser le dernier chalut de la nuit sur le pont et le bateau s'apprêtait à regagner le port le ventre plein. Fernando aimait ces moments de calme, juste après l'action, pendant lesquels il pouvait se poser pour réfléchir et contempler la nuit. Parfois, il en oubliait même la fatigue et le bruit des machines.

Perdu dans ses pensées, il ne le savait pas encore - il n'avait aucun moyen de le savoir d'ailleurs - mais cette nuit allait être une de celles qui ne s'oublient pas.

Pedro, l'un de ses meilleurs éléments, était resté à terre, malade. Et, à un de moins, le travail s'était avéré plus éprouvant. Mais la pêche avait été bonne, très bonne même, et Fernando était satisfait. Pendant les trente minutes de repos qu'il s'était octroyé, il avait laissé George à la barre. Ce dernier était l'un des plus anciens de l'équipe et surtout, un ami d'enfance. Il connaissait très bien le bateau ainsi que la région ; Fernando pouvait compter sur lui à tout moment. Les autres, Paulo, Marco et Luca, étaient partis se reposer dans leur cabine en attendant l'arrivée au port.

Soudain, Fernando eût un mauvais pressentiment. Rien de concret, juste une impression étrange. Un courant d'air frais lui caressa le visage et le fit frissonner. Il se redressa, regarda autour de lui et remarqua que la nuit devenait plus sombre que jamais. La lumière des projecteurs installés sur le pont semblait être aspirée dans le vide, rendant le *San Marco* complètement aveugle. Levant les yeux vers le ciel, Fernando vit que la lumière de la lune et des étoiles ne filtrait plus, comme si un manteau invisible s'était interposé entre le ciel et la mer. Dans le silence qui s'était installé, il sentit que des vagues de plus en plus marquées venaient s'écraser contre la coque de son bateau. Inquiet par la rapidité du changement, il décida de retourner dans la cabine. Aux commandes, George tentait de voir quelque chose à travers la vitre un peu crasseuse de la cabine.

— Tu as reçu un bulletin météo ? lui demanda Fernando.
— Non rien du tout. J'ai essayé de contacter le port par radio pour avoir des informations mais ça ne marche pas, je ne capte aucune fréquence.

Fernando saisit la radio et essaya à son tour, mais en réponse il n'obtint rien de plus qu'un souffle continu. Il nota dans le carnet de bord : 04h14. Temps agité. Plus aucun contact avec la terre. Inquiet.

La météo se dégradait à une vitesse incroyable. La brise légère qui caressait jusqu'à présent la nuit avait fait place à un vent froid qui soufflait de plus en plus fort, tandis que des vagues cassantes commençaient à secouer le *San Marco*. De mémoire de marin, Fernando avait rarement vu les conditions météorologiques évoluer à une telle vitesse, et les fois où cela s'était produit, cela n'avait rien annoncé de bon.

Il descendit le plus vite possible à l'étage inférieur, celui des cabines, afin de réveiller ses gars et de les préparer à un retour agité. Chacun reprit son poste et Fernando regagna la cabine avec difficulté. Le navire n'était pas épargné. La violence des vagues s'était encore accentuée et le bateau commençait à rouler de manière inquiétante.

Puis, ce fut comme si le *San Marco* s'endormait. Les moteurs stoppèrent, les lumières baissèrent d'intensité avant de s'éteindre et tout le matériel électronique présent à bord s'éteignit.

Alors que George et Fernando tentaient de comprendre l'origine de la panne, une immense vague de plusieurs mètres de haut percuta de plein fouet le navire, les projetant avec force contre la paroi de la cabine. Sonné, Fernando retrouva l'équilibre et découvrit les vitres de la cabine, lézardées par la violence du choc. Allongé sur le sol, George avait perdu connaissance. Une seconde vague, tout aussi violente, heurta le navire et fit exploser l'une des vitres. Le gouvernail entra dans une course effrénée et le chalutier dévia de sa trajectoire. Si Fernando n'intervenait pas, les prochaines vagues frapperaient sur le flanc et feraient chavirer le navire. Une nouvelle lame cogna contre la proue, à bâbord, et le *San Marco* bascula dangereusement. Déséquilibré, Fernando s'accrocha au gouvernail pour tenter de reprendre le contrôle. Il le braqua de toutes ses forces, craignant même de l'endommager, pendant que la tempête continuait à assaillir le bateau avec brutalité. Pendant qu'il reprenait peu à peu le contrôle du navire, George recouvra ses esprits.

— Ça va ? lui demanda Fernando en criant pour couvrir le bruit de la tempête.

— Ça va, lui répondit George d'une voix faible. J'ai mal au crâne, tu entends toi aussi ?

Fernando n'y avait pas prêté attention mais, tout en gardant un œil sur la mer déchaînée, il perçut un bruit de fond en train de cogner dans sa tête.

— Oui, c'est bizarre, on dirait que ça vient d'en bas ! Tu te sens en état de reprendre les commandes pendant que je vais vérifier, lui demanda-t-il ? J'en profiterai pour voir si les gars vont bien !

George, encore étourdi, se massait vigoureusement l'arrière du crâne. En se relevant, il ramassa le journal de bord tombé sur le sol et répondit :

— Non pas vraiment... Attends encore un peu et dès que je ne verrai plus d'étoiles autour de ma tête, je descends voir.

Fernando sourit, rassuré. Son ami n'avait pas perdu son sens de l'humour. Il releva les yeux pour contrôler la trajectoire du *San Marco* et s'arrêta net. George se tourna, intrigué, et suivit le regard hébété de Fernando. Il se tourna alors vers la vitre embuée de la cabine, au moment précis où un intense faisceau de lumière jaillissait de la mer et illuminait le ciel au-dessus d'eux. Accompagné d'un craquement sourd, le rayon transperça la nuit quelques secondes puis s'atténua.

Replongeant dans l'obscurité, les deux amis eurent malgré tout le temps de voir distinctement la vague démesurée qui s'était formée aux pieds de la source lumineuse et qui fonçait droit sur eux à vive allure.

Ils restèrent immobiles quelques secondes puis, par réflexe, Fernando s'empara de la radio pour contacter Coloane, oubliant que plus rien ne fonctionnait. Terrifié par ce qui les attendait, il agrippa le gouvernail avec force et hurla à George :

— ACCROCHE-TOI !

La vague frappa le *San Marco* avec fureur, emmenant presque tout sur son passage. Le matériel qui restait encore sur le pont fut emporté ou désintégré.

Sous l'onde de choc, toutes les vitres de la cabine volèrent en une centaine d'éclats qui lacérèrent leurs avant-bras. A un moment, Fernando eut l'impression que le bateau chavirait, que la mer déchaînée allait les engloutir. Il ferma les yeux le plus fort qu'il put, espérant vivre un cauchemar qui s'achèverait quand il les ouvrirait à nouveau.

Lorsque les paupières de Fernando s'entrouvrirent, tout était de nouveau calme. Le bateau en ressortit dans un sale état, mais la tempête était terminée. Plus un bruit, plus une vague, plus un souffle de vent. Tout comme lui, le *San Marco* semblait sonné, mais il finit aussi par se réveiller ; les machines se remirent en route, les quelques lampes épargnées se rallumèrent et une voix grésillante émergea de la radio. Après quelques secondes de retour à la normale, le moteur cala.

Mis à part quelques coupures, lui et George ne semblaient pas blessés. Reprenant peu à peu ses esprits, Fernando s'approcha de la radio :

— Cristiano, c'est toi ? demanda-t-il dans l'émetteur.
— Hey, Fernando, ça va bien ? lui répondit son interlocuteur d'un ton enjoué. Tu n'es pas encore rentré, tu profites du calme pour faire du tourisme ?

Visiblement, le port n'avait pas entendu parler d'alerte météo ou de tempête.

— Non pas vraiment, lui dit-il, soulagé que la radio fonctionne de nouveau. On a été plutôt secoué ici, on vient d'essuyer une tempête de force 10-11, le bateau a souffert.

— Quoi !? Tu rigoles là ? Quelle tempête ? Ça n'a jamais été aussi calme dehors. Rien à signaler sur les radars et je n'ai reçu aucun bulletin d'alerte météo au poste.

— Écoute, on ne va pas tarder à rentrer. On va juste contrôler que tout est ok et faire un petit détour. Je pense qu'un autre bateau a été pris dans la tempête car on a vu une lumière quand ça a commencé. Je te recontacte.

— Ok, ok, répondit Cristiano, encore incrédule. Tu as besoin que je t'envoie de l'aide ?

— On va s'en sortir, t'inquiète. Je te recontacte au cas où.

— Ok, pendant ce temps, je me renseigne sur ta tempête. A tout à l'heure.

Fernando reposa l'émetteur et descendit avec George pour voir si tout le monde allait bien. Comme eux, Paulo, Marco et Luca étaient sonnés. Mis à part quelques hématomes, personne n'était blessé. Ensemble, équipés de lampes, ils inspectèrent la cale à la recherche d'éventuelles brèches. Les réserves de glace ainsi que l'ensemble de la pêche étaient répandus sur le sol. La coque était déformée en plusieurs endroits et une dizaine de minces filets d'eau s'écoulaient.

Pendant que Luca se rendait en salle des machines pour faire redémarrer le moteur, les autres tentèrent de colmater les fissures dans la coque. Au bout d'une dizaine de minutes, l'eau suintait toujours mais il n'y avait plus de danger immédiat. Fernando regagna le pont pour constater les dégâts. A l'arrière, le treuil qui servait à remonter le chalut était complètement tordu et l'un des filets avait disparu. Une grande partie du petit matériel qui était sur le pont avait été emporté. Le reste, réduit en miettes par la force de la dernière vague, n'était plus qu'une multitude de débris jonchant le sol. Quant à la cabine, outre plusieurs vitres explosées, certaines parois étaient enfoncées, voire perforées. A l'avant, en plusieurs endroits, le bastingage avait été déformé par la violence du choc et l'ensemble des projecteurs détruit.

Fernando s'approcha et regarda autour de lui, les yeux remplis de tristesse. Son bateau, sa vie, avait été anéanti en quelques secondes. Cela prendrait des mois pour le réparer, et coûterait beaucoup d'argent. Arrivés sur le pont, George et les autres étaient tout autant choqués, conscients qu'ils auraient pu ne jamais rentrer à Coloane.

L'équipage se mit à balayer la mer avec les lampes torches, à la recherche de matériel qui n'aurait pas encore eu le temps de couler. L'un des faisceaux lumineux s'arrêta alors sur quelque chose au loin.

— Regardez ! cria Marco. Là-bas, on dirait une sorte de canot !

Tous dévièrent leur lampe vers l'endroit éclairé, à moins de deux cents mètres d'eux.

— Les jumelles ! réclama Fernando.

Fernando aperçut ce qui ressemblait à une petite embarcation en bois. Elle avait la forme d'une barque classique mais ses parois étaient surélevées. A cette distance, on aurait pu croire qu'il s'agissait d'une énorme corbeille flottante.

— Allons-y, dit-il. Ça vient peut-être de l'autre bateau pris dans la tempête.

Luca n'avait toujours pas réussi à relancer le moteur et Fernando décida donc d'utiliser le canot de sauvetage qui équipait son chalutier.

— Et merde, pesta-t-il.

Situé sur le pont à l'origine, le canot à moteur avait disparu, sans doute emporté par la tempête. Il ne restait plus qu'une solution : utiliser le pneumatique rangé dans la cabine et ramer. Une fois gonflé et mis à l'eau, George et lui prirent place à l'intérieur avec leurs lampes. Depuis le pont, Paulo et Marco leur lancèrent une longue corde afin de relier l'embarcation au San Marco en cas de problème.

Le canot s'éloigna et pénétra dans la nuit. Seul le bruit des rames fouettant la surface de l'eau rompait le silence qui les entourait. Guidé par la lampe de Fernando, George se dirigeait vers l'embarcation qui flottait paisiblement, bercé par le calme qui avait reconquis la mer.

Au fur et à mesure de leur progression, ils tentèrent à plusieurs reprises d'en distinguer le contenu, mais la hauteur et la courbure des bords les en empêchèrent. Ils avaient aussi lancé des *hé ho* dans la nuit, mais n'avaient obtenu aucune réponse en retour. Près du but, ils entendirent au loin le bruit sourd caractéristique du moteur du *San Marco*, enfin réparé par Luca.

George donna les derniers coups de rames et leur canot cogna à plusieurs reprises contre la coque de bois qu'ils accostèrent. Fernando se leva avec précaution, essayant de trouver l'équilibre afin de réussir à surplomber les parois du cocon, et en éclaira l'intérieur.

Il resta figé quelques secondes et reprit ses esprits grâce aux appels répétés de George.

— Fernando ! Oh, Fernando ! Tu vois quoi ?

La tête toujours immergée dans le panier, Fernando eut l'impression de se répondre à lui-même tant le son de sa voix était faible. C'était comme s'il avait eu besoin de s'entendre prononcer les mots.

— Quoi ? insista George qui n'avait rien entendu.

Fernando se tourna vers son ami, le visage grave, et répéta :

— Des gosses George, deux gosses.

Les deux petits corps étaient recroquevillés l'un contre l'autre et semblaient dormir. Fernando essaya de les réveiller en les appelant et en les éclairant avec sa lampe mais plus qu'endormis, ils avaient l'air inconscients.

Le retour vers le *San Marco* fut rapide. Le chalutier s'était rapproché d'eux, réduisant la distance à parcourir. Après avoir accroché l'embarcation au pneumatique avec une corde, ils l'avaient remorquée le plus vite possible jusqu'au chalutier. Avec l'aide du reste de l'équipage, ils avaient remonté les petits corps inanimés sur le pont. Les deux enfants, un garçon et une fille âgés d'environ quatre ou cinq ans, respiraient difficilement.

George et Marco les transportèrent jusqu'à l'une des cabines, les installèrent sur une couchette et déposèrent une couverture bien chaude sur chacun d'eux.

Pendant ce temps, Fernando était remonté aux commandes et avait repris contact par radio avec Cristiano :

— Cristiano, tu es toujours là ?
— Oui, toujours fidèle au poste. J'allais te recontacter à propos de ta tempête, je n'ai rien trouvé du tout, t'es sûr de ne pas avoir rêvé ?
— Écoute, on regardera ça plus tard, j'ai une urgence à bord. J'ai besoin que tu fasses venir des secours au port. On a trouvé deux enfants inconscients dans un canot de sauvetage. On y va maintenant, on devrait arriver d'ici peu.

Avant de repartir vers le port, Fernando nota les coordonnées de leur position dans le journal de bord : latitude 22° 4' 59'' Nord, longitude 113° 37' 3'' Est.

Puzzle

Une fois son récit terminé, Florbela tendit la pochette à sa fille. Elle venait de se libérer d'un poids mais paraissait toujours soucieuse ; Adelina n'avait pas encore réagi au mensonge sur les circonstances de sa découverte.

Elle finit par lever les yeux vers sa mère et demanda simplement :

— Fernando ?

A la fin de l'explication de Florbela, j'interrogeai ma sœur :

— Tu connais ce Fernando ?
— C'est un ami de maman, je le connais depuis toute petite, répondit-elle émue. Il est, en quelque sorte, le père que je n'ai jamais eu, ajouta-t-elle. En revanche, je ne savais rien de tout ça…

Le dossier était plutôt épais et contenait plusieurs documents. Les premiers feuillets correspondaient à des copies de pages écrites à la main et semblaient provenir du carnet de bord du *San Marco*. Il y avait également des comptes-rendus d'examens médicaux ainsi que des articles de journaux.

Adelina saisit l'un d'eux et le lut à voix haute. Il s'agissait d'un article daté du 6 septembre 1987 intitulé *Deux enfants sauvés d'une tempête par des pêcheurs locaux*. Au-delà des circonstances du sauvetage, l'article racontait aussi le court séjour des enfants à l'hôpital de Macao. Suite aux examens médicaux, leur état de santé général avait été déclaré satisfaisant, bien qu'ils présentaient une amnésie totale et demeuraient désespérément silencieux. Ils furent ensuite pris en charge par Florbela Cortès au centre d'accueil des Tournesols, en attendant que l'enquête détermine leur origine. A la fin, quelques lignes s'attardaient sur les recherches entamées en pleine mer, dans le but de trouver des débris ou un second canot avec les parents des deux enfants. En vain.

Dans un encadré, un spécialiste expliquait le phénomène météorologique, connu sous le nom de *grain blanc*, à l'origine du naufrage probable du bateau de notre famille. Il s'agissait de tempêtes brusques et d'une extrême violence qui pouvaient durer moins d'une minute et dont les bourrasques de vents atteignaient des vitesses phénoménales. Elles avaient marqué l'histoire de la navigation dans les années soixante en faisant couler un voilier, l'Albatross, au large de la Floride. Les rescapés n'avaient repéré aucun signe annonciateur, le ciel était clair, aucun avis de tempête n'avait été signalé et après le naufrage, la mer était redevenue parfaitement calme et lisse. La ressemblance avec les faits décrits dans le journal de bord du *San Marco* était frappante.

L'article était accompagné d'une grande photo sur laquelle on voyait l'équipage du San Marco et les deux enfants, Adelina et moi. La légende disait : *Les deux miraculés entourés de leurs sauveurs*. Adelina reconnut aussitôt Fernando et me tendit l'article pour me le montrer. J'observai avec attention l'image lorsqu'un détail attira mon regard. Je me penchai sur l'image afin d'être sûr de moi mais il n'y avait pas de doute possible. Adelina, debout sur la gauche serrait quelque chose dans ses mains, un objet familier : un totem.

— Qu'y a-t-il ? me demanda-t-elle, intriguée par ma réaction devant la photo.

Je ne savais pas trop quoi lui répondre. De toute manière, vu la tournure que prenaient les évènements, il faudrait bien que je lui parle du totem un jour. Je lui demandai :

— L'objet que tu tiens sur la photo, tu… tu l'as toujours ?

Elle prit l'article de mes mains et inspecta l'image.

— Non, je ne pense pas. Je ne sais même pas ce que c'est, ajouta-t-elle. Pourquoi tu veux savoir ça ? Tu as une idée de ce que ça peut être ?
— Pas tout à fait. Enfin… pas encore. Écoute, je te promets, je vais tout t'expliquer. Mais avant, j'ai besoin de savoir où se trouve l'objet qu'on voit sur cette photo.

Adelina se tourna vers sa mère adoptive, toujours perturbée par la situation, et lui posa la question en glissant sous ses yeux l'article de journal.

De mon côté, je m'enfonçai dans le sofa, submergé par un tas de questions. Le totem de la photo était-il le même que celui qui se trouvait dans mon sac ou était-ce un autre ? S'il s'agissait d'un second totem, pouvait-il aussi s'activer ? Les visages peints et l'image projetée seraient-ils identiques ? Devais-je en parler à ma sœur et à sa mère adoptive ?

Adelina interrompit ma réflexion. Florbela était prête à poursuivre son histoire.

Notre arrivée aux Tournesols le 6 septembre 1987 et surtout les circonstances de notre découverte avaient soulevé de nombreuses questions à l'époque. Nous étions considérés comme des miraculés sur Coloane et chaque jour, de nombreux habitants de l'île venaient prier à la chapelle Saint François-Xavier, pour nous et nos parents disparus. Adelina et moi étions installés dans la même chambre, comme l'avait recommandé le psychologue de l'hôpital. Ce dernier passait nous voir tous les deux jours. Après chaque visite, il faisait part de ses inquiétudes concernant notre silence, qu'il diagnostiquait comme un état de stress post-traumatique important. Durant les onze jours passés ensemble, Florbela ne nous avait jamais vu prononcer un seul mot, que ce soit avec elle, le psychologue ou les trois autres enfants du centre.

Nous passions nos journées tous les deux, la plupart du temps dans notre chambre, isolés des autres et sans parler. La seule chose qui paraissait avoir de l'importance à nos yeux était le petit totem en bois trouvé dans notre embarcation et dans lequel était incrustée une magnifique pierre bleue. Le psychologue nous l'avait remis à notre réveil à l'hôpital afin de stimuler notre mémoire et provoquer une sorte de déclic. Intrigué, je stoppai le récit et demandai :

— Une pierre bleue, elle est sûre ?

Adelina posa la question et confirma :

— Oui, bleue. Une pierre translucide d'un bleu magnifique d'après elle. Pourquoi, c'est important ?
— Je t'expliquerai après…

Florbela reprit puis changea de ton. La nostalgie et le souvenir avaient fait place à l'angoisse. Elle nous expliqua alors que le second soir, en nous souhaitant une bonne nuit, elle avait remarqué une lueur bleuâtre qui scintillait dans la pierre. Cette dernière peinait à éclairer la chambre, comme si elle voulait prendre le dessus sur la lumière de la pleine lune qui transperçait les rideaux épais.

Au départ, elle y avait prêté peu d'attention. Cela aurait pu être un simple reflet ou le résultat de son imagination. Et puis, ça ne s'était pas reproduit, il n'y avait donc aucune raison d'y repenser. C'est seulement quelques temps plus tard qu'elle avait fait le lien et pris la décision de séparer ce qui semblait être à l'origine de tout depuis notre arrivée.

J'interrompis à nouveau Florbela et demandai à Adelina :

— Que s'est-il passé pour qu'elle décide de nous séparer ? Pourquoi ne pas nous avoir laissé ensemble si nous étions frère et sœur ?

— Tu ne me croirais pas mon garçon, répondit Florbela dans un anglais maladroit. Seul Fernando ne m'a pas pris pour une folle à l'époque, car au fond de lui, il a toujours su que vous n'étiez pas les simples rescapés d'un naufrage.

— Je vous assure, en ce moment je suis disposé à croire beaucoup plus de choses que vous ne l'imaginez, lui répondis-je par l'intermédiaire d'Adelina.

Florbela sembla hésiter un instant puis poursuivit son histoire :

— Quand vous êtes arrivés, j'avais confiance en mon instinct. J'étais persuadée que vous alliez retrouver la parole même si vous viviez un moment très éprouvant. Mais durant votre séjour, vous n'avez pas prononcé un seul mot, vous êtes restés enfermés en permanence dans votre bulle de silence.

Adelina et moi étions subjugués par ses paroles, pressés d'entendre la suite.

— Cependant, il était évident que vous arriviez à communiquer. Il y avait une sorte de connexion entre vous. Parfois, c'était comme si vous parveniez à lire dans les pensées l'un de l'autre.
— Comme une sorte de télépathie ? demanda Adelina.
— Oui, en quelque sorte, répondit-elle. C'est l'impression que j'avais en tout cas, et ça me mettait plutôt mal à l'aise, tout comme les autres enfants du centre. Ils ont d'ailleurs essayé plusieurs fois de nouer le contact avec vous, mais sans jamais y parvenir.

Florbela était de plus en plus tendue. Les yeux perdus dans le vide, elle parlait de plus en plus vite et ses mains s'agitaient dans tous les sens.

— Une nuit, ils se sont introduits dans votre chambre pour voler votre totem. En réalité, ils voulaient surtout vous provoquer, pour vous faire réagir et vous faire parler.
Ce sont les cris d'Helena, la plus jeune, qui m'ont tiré de mon sommeil. Paniquée, j'ai couru jusqu'au cor-

ridor et quand je suis arrivée, j'ai vu Tomás et Luís s'enfuir en courant. Je suis entrée dans la chambre, et … ce que j'ai vu était si… irréel.

— Qu'avez-vous vu ? demandai-je impatient.

— Ce que j'ai vu ? répéta-t-elle en me regardant. Tu étais assis sur ton lit face à Helena, et tes mains projetaient une sorte de lumière blanche vers elle. Elle était paralysée dans une enveloppe de souffrance dont seuls ses cris parvenaient à s'échapper. Tes yeux étaient d'un noir si sombre et intense, jamais plus je ne voudrais voir ce regard.

Je lisais une réelle crainte sur son visage. Elle tourna la tête vers Adelina puis continua :

— Toi mon cœur, tu étais assise à côté de lui et tu serrais dans tes bras ce satané totem. Tu as levé les yeux vers moi et j'y ai vu d'abord de la surprise, puis de la compassion. Tu as posé ta main sur l'épaule de Nicolas et la lumière a aussitôt disparu, laissant Helena s'écrouler sur le sol, inconsciente.

Pétrifiée sur le pas de la porte, je n'osais pas m'approcher de vous. J'ai mis plusieurs minutes avant de venir la récupérer. Alors que je la ramenais à sa chambre, elle s'est réveillée dans mes bras, en pleurs et complètement terrifiée. J'ai passé près d'une heure ensuite à réconforter les enfants, leur expliquant qu'il s'agissait juste d'un mauvais rêve, ce dont j'essayais de me convaincre en même temps.

Quand ils se sont enfin endormis, j'ai appelé Fernando, et ensemble, on a décidé de faire ce qu'on pensait être le mieux pour tous. Vu votre histoire, les circonstances de votre arrivée ici et votre comportement, on a cru à une malédiction. C'était la seule solution.

Profitant d'une de vos visites à l'hôpital, j'ai réussi à récupérer votre totem. Je l'ai confié à Fernando qui l'a gardé chez lui en attendant de s'en débarrasser. Deux jours plus tard, une famille française est venue te chercher Nicolas.

— Et pourquoi m'avoir adoptée ? demanda Adelina en pinçant les lèvres.

— Au départ, j'avais prévu de te confier aussi à une famille d'accueil, précisa Florbela. Mais le temps est passé et le fait de t'avoir séparée du totem et de Nicolas semblait fonctionner. Il ne se passait plus rien d'étrange ici et tu commençais à parler. Malgré un sentiment d'appréhension, je me suis attachée à toi. J'ai repensé à ce que tu avais fait pour Helena cette nuit-là et j'ai décidé de te garder avec moi.

Adelina et moi étions abasourdis. Même si j'étais plutôt ouvert concernant les légendes et autres folklores locaux, j'avais du mal à encaisser cette histoire. Surtout qu'en l'occurrence, j'y étais décrit comme un enfant-psychopathe. J'essayai de me reconcentrer et demandai à Florbela :

— Fernando vit-il toujours ici ? Et a-t-il toujours le totem en sa possession ?
— Oui, il habite de l'autre côté du village. A moins d'un kilomètre.
— Et le totem ? insistai-je.
— Il m'a dit qu'il s'en était débarrassé quand j'ai décidé de garder Adelina. Il avait peur qu'il ait une mauvaise influence sur elle, qu'il déclenche à nouveau des « évènements ».

Adelina sursauta :

— Oh maman, je crois que nous avons oublié Fernando. Il est bientôt midi et le marché va fermer.

Florbela leva les yeux vers l'horloge.

— Mon Dieu ! Tu as raison. Ça m'était complètement sorti de la tête…

Désorientée, elle se leva de son fauteuil et se dirigea vers le comptoir.

— Elle s'occupe de lui, demandai-je à ma sœur ?
— Oui, elle s'apprêtait à lui rendre visite quand tu es arrivé. Elle veille sur lui en ce moment, il est souffrant.

Elle ajouta :

— Depuis quelques jours, je profite que Lydia s'occupe des enfants pour accompagner maman à chaque fois. Je te l'ai déjà dit, il est comme un père pour moi.
— Lydia ?
— Oui, ma petite protégée. Maman l'a recueillie elle aussi, une dizaine d'années après moi. Elle étudie sur la péninsule et vient nous aider à chaque période de vacances.

Je n'eus pas besoin de parler, Adelina comprit d'un regard et demanda à sa mère :

— Maman, on peut t'accompagner ?

Florbela acquiesça, ramassa son panier et nous fit signe de la suivre.

Fernando

Le passage au marché et le trajet vers la maison de Fernando m'avait permis de faire une synthèse de toute l'histoire à Adelina, depuis ma découverte du totem, en passant par les examens au labo avec Manon, jusqu'à mon arrivée à Coloane. J'en avais profité pour lui montrer discrètement le totem mais il ne lui rappela aucun souvenir. D'après elle, il n'était pas question de hasard dans tout cela, le nombre de coïncidences était trop élevé. Tout était lié et même si ce n'était pas encore clair, il fallait aller jusqu'au bout… ensemble.

Alors que nous commencions à nous éloigner du village, Florbela s'engagea sur un chemin qui traversait un bois et débouchait sur un petit hameau constitué de quatre maisons. Arrivée devant la dernière maison sur la droite, elle ouvrit le petit portail en bois, traversa le jardin d'herbes hautes probablement laissé à l'abandon depuis plusieurs mois, puis toqua à la porte. Derrière, Adelina et moi étions silencieux. De mon côté, j'étais à la fois anxieux et impatient à l'idée de rencontrer celui qui m'avait sauvé et qui pourrait m'en apprendre davantage sur mes origines.

Florbela ouvrit la porte et pénétra dans la maison. Sous ses pas, le craquement des vieilles lattes du parquet trahissait toute discrétion. Je laissai Adelina passer en premier puis entrai à mon tour. Alors que je refermai la porte, elle se pencha vers moi et chuchota avec un sourire :

— Je suppose que je continue à traduire monsieur l'explorateur ?
— Oui, ce serait pas mal, répondis-je. J'ai quelques notions de portugais mais pas suffisantes pour suivre une conversation.
— Je t'apprendrai si tu veux, me proposa-t-elle. En échange de quelques cours de français.

J'acceptai l'offre et lui fis signe d'avancer afin de rejoindre Florbela qui avait poursuivi son chemin dans le petit corridor de l'entrée.

— Fernando ! Tu es là ? appela-t-elle. Je suis passée au marché faire tes courses.

Devant nous, depuis ce qui semblait être le salon, une voix sourde et fatiguée presque couverte par le son de la télévision répondit :

— Flor ?
— Oui c'est moi. Je ne suis pas venue seule. Adelina est là et j'aimerais te présenter quelqu'un…

Fernando, les traits tirés et recouvert d'une fine couverture, était assis dans un vieux canapé en cuir brun et regardait un jeu télévisé. Je peinai à lui attribuer un âge mais après un rapide calcul, je supposai qu'il devait approcher de la soixantaine.

Il regarda Florbela, puis ses yeux se portèrent aussitôt sur Adelina qui s'approchait de lui pour l'embrasser.

Il tourna ensuite la tête vers moi, le regard ému et dit en s'adressant à ma sœur :

— C'est ton petit ami ? C'est un bel homme, ajouta-t-il en souriant.

J'appréciai le compliment mais Florbela le coupa et lui expliqua d'une voix grave :

— Non Fernando, ce n'est pas son petit ami…

Après un instant d'étonnement, Fernando attrapa ses lunettes sur la table et me regarda plus attentivement.

— Oh… dit-il en se grattant la tête d'un air inquiet.

Elle ajouta d'un ton calme :

— C'est Nicolas. Il est arrivé ici aujourd'hui. Je leur ai raconté la vérité, lui expliqua-t-elle soulagée. Adelina et lui aimeraient te poser des questions sur…tout ça. Ça te va s'ils restent manger ici avec nous ?

Il se redressa dans le canapé, ramena légèrement la couverture sur lui, et nous invita d'un geste à nous asseoir.
Pendant que nous faisions connaissance, Florbela partit dans la cuisine préparer le déjeuner. De son côté, Fernando commença à raconter la fameuse nuit, la tempête, le canot…
J'allais parler du totem, mais mon téléphone sonna. C'était Manon. Je sortis de la pièce un instant afin de pouvoir répondre.

— Allô, Nico ?

— Oui, répondis-je.

— Tu comptais me donner des nouvelles au printemps prochain ? me reprocha-t-elle.

— Bien sûr que non, mais il se passe des choses étranges ici. Je t'avoue que je suis un peu paumé.

Je lui fis un résumé, incluant la découverte de ma sœur et les circonstances de notre arrivée au centre. Elle m'écouta sans m'interrompre.

— Je ne sais pas quoi te dire, finit-elle par déclarer. Tout ça, c'est juste…impossible. Enfin, tu te rends compte à quel point c'est…

— Je sais bien, mais tout depuis le départ est complètement insensé. Et je me dis que même si rien de tout ça n'est réel, j'aurai au moins retrouvé ma sœur.

— C'est sûr, enfin, c'est génial même. Mais tu comptes faire quoi maintenant ?

— Je ne sais pas trop. Peut-être qu'en retournant à l'endroit où on nous a trouvés, le totem donnera d'autres indications en se réactivant…

— Mouais, encore faudrait-il qu'il se réactive au moment où tu y vas, répondit-elle peu convaincue par mon idée. On ne sait même pas ce qui le déclenche.

— On verra… Dans tous les cas, j'ai besoin d'essayer. Je te tiendrai au courant de toute façon.

— Ok, je vais aussi continuer à réfléchir de mon côté et je te rappelle si j'ai des news. Et tu peux m'appeler aussi hein !

— Je sais, promis, la prochaine fois c'est moi qui te contacte.

— C'est noté, dit-elle d'une voix satisfaite juste avant de raccrocher.

Je retournai dans le salon, prêt à m'excuser pour mon absence, et m'arrêtai bouche bée à l'entrée de la pièce. Posé sur la table basse, à côté des couverts amenés par Florbela, se dressait un totem. Il semblait identique à celui que j'avais découvert, à ce détail près que la pierre incrustée était bleue et totalement opaque.

— Je pensais qu'il s'en était débarrassé, demandai-je à Adelina afin d'avoir une explication.

— Il a menti, répondit-elle avec un sourire radieux.

J'avais au moins une confirmation : la pierre était bel et bien bleue. Le totem se trouvant dans mon sac n'était donc pas celui découvert avec nous vingt-trois ans auparavant. Malgré tout, cette réponse amenait un certain nombre d'autres interrogations…

Je m'assis à côté d'Adelina et saisis le totem. J'ouvris ensuite mon sac et sortis mon exemplaire que je posai à côté. Je lus aussitôt de la crainte sur le visage de Florbela et de la surprise sur celui de Fernando. Ce dernier fut le premier à demander une explication. Assisté d'Adelina, je lui racontai donc l'histoire. En parallèle, je pris les deux totems pour les comparer. Le bois utilisé, leur taille, leur aspect, la présence d'une pierre, rien ne semblait les différencier. Même les visages peints étaient en tout point identiques, que ce soit en termes de couleurs, de formes et d'expressions. Leur signification était donc sans doute la même : Énergie, Clé et Terre. La seule différence observable était la couleur et l'opacité de la pierre du totem de Fernando. Il était fort probable que cette pierre projette autre chose en cas d'activation.

Alors que je venais de terminer mon histoire, celui-ci expliqua :

— La pierre avait un aspect différent quand je l'ai récupérée. Elle était aussi translucide que le tien.

Il sortit un mouchoir de sous sa couverture, toussa à plusieurs reprises puis reprit la parole.

— J'ai essayé de m'en débarrasser, mais il s'agissait d'un souvenir. Et puis la pierre me fascinait. C'est pour cette raison que je l'ai gardée au départ. Et du jour au lendemain, elle a changé d'aspect. Elle est devenue opaque et terne, comme si elle était morte.

Fernando avait raison, la pierre semblait sans vie, comme si elle s'était éteinte pour toujours.

Je lui demandai :

— Avant que la pierre se ternisse, s'est-elle déjà mise à scintiller comme celle de mon totem ?

Il réfléchit un instant et répondit :

— Non jamais. Mais Florbela m'a raconté qu'un soir, quand vous étiez encore aux Tournesols, il y avait eu une sorte de lueur à l'intérieur. Pour être franc, je n'y ai pas cru sur le moment, mais avec ce qui s'est produit ensuite avec Helena et ce que vous venez de raconter, je pense que c'est arrivé.

Il poursuivit :

— Maintenant, ce que tu dois essayer de comprendre mon garçon, c'est la raison pour laquelle les pierres de ces deux totems ne semblent réagir qu'à une seule et unique condition : ta présence.

— Il doit y avoir une autre raison, répondis-je en regardant Adelina. Lorsque mon totem s'est activé au laboratoire de Manon, je n'étais pas là. Et à Kashgar, je n'étais pas dans ma chambre d'hôtel au départ.

— C'est peut-être aléatoire, dit-elle. Regarde, ça s'est produit à des moments et à des endroits différents. Et rien ne prouve qu'il ne se soit pas déjà activé en ton absence.

— Possible, mais n'oublie pas qu'on est tous les deux liés à ce totem. Je te rappelle qu'il projette notre marque de naissance quand la pierre s'active. Comme tu l'as dit, ça ne peut pas être une coïncidence.

Je me tournai vers Fernando et lui dis :

— Je peux vous poser une question à propos de la nuit de notre découverte ?

— Bien sûr, me répondit-il. Que veux-tu savoir ?

— Vous souvenez-vous si le jet de lumière apparut juste avant la vague avait une couleur particulière ?

— Oui, il projetait une lumière bleue, répondit-il sûr de lui. Pourquoi ?

— Et bien, ça va sûrement vous paraître farfelu mais cette lumière, vous ne pensez pas qu'elle pourrait provenir du totem ?

— Et bien... pour être honnête, ça m'avait déjà effleuré l'esprit. Et d'après ce que tu m'as décrit, je suppose que ça pourrait être possible. Tu penses que c'est ce qui aurait pu déclencher la tempête et couler le bateau de votre famille ?

— Franchement, je n'en ai pas la moindre idée, répondis-je songeur, pas la moindre.

Dans l'espoir de trouver d'autres informations, je ressortis le dossier des Tournesols et feuilletai les documents qu'il contenait. Pendant ce temps, Florbela se leva et amena le repas : un plat de poulet au curry accompagné de riz acheté au marché. De son côté, Adelina était concentrée sur l'observation des deux totems.

Tout à coup, mon regard s'arrêta sur la page du carnet de bord dévoilant les coordonnées du lieu de notre découverte. Je donnai un léger coup de coude à ma sœur et les lui montrai du doigt.

— Quoi ? me demanda-t-elle.
— Il faut qu'on aille là-bas, lui dis-je. Si c'est le totem qui s'est activé cette nuit-là et non un signal de détresse, c'est à cet endroit que ça s'est produit. On doit s'y rendre, on ne sait jamais, il pourrait se passer quelque chose.

— Tu es sûr ? demanda-t-elle d'un air craintif. Tu n'as pas peur de la tempête ou des effets que les totems pourraient avoir sur nous ?

— Peur non, mais curieux oui. Et puis c'est la raison de ma venue jusqu'ici, je ne vais pas abandonner maintenant.

— Ok alors, finit-elle par me répondre après quelques secondes de réflexion. Je viendrai avec toi.

Pendant que nous mangions, Adelina expliqua donc nos intentions à Fernando et Florbela. Au fur et à mesure, je vis un petit sourire s'installer sur le visage de notre sauveur. Il semblait aussi excité que moi à l'idée de découvrir la véritable histoire, comme s'il avait toujours voulu le faire lui-même. Cette satisfaction était en totale opposition avec l'angoisse de Florbela. Je réalisai à cet instant à quel point j'avais chamboulé son existence.

Lorsque ma sœur termina son monologue, il y eut un grand silence. Fernando reprit alors la parole et nous proposa son aide pour nous rendre aux coordonnées indiquées dans le carnet. Heureux de contribuer à sa manière à cette aventure, il s'adressa à Adelina :

— Dans l'entrée, il y a les clés du *Santa Lua*. Prends-les.
— Tu es sûr ? lui demanda-t-elle.
— Oui Lina. Tu connais ce bateau, tu connais les côtes de l'île et tu l'as déjà conduit seule plusieurs fois.

C'est sans doute le moment pour toi de comprendre comment tu es arrivée ici, et si je peux aider...

— Merci Pa', répondit-elle en se levant pour l'enlacer.

Le repas se poursuivit dans la bonne humeur. Adelina semblait avoir oublié son ressentiment contre sa mère adoptive et Florbela était beaucoup plus sereine. Je passais enfin un moment « ordinaire », sans révélations ahurissantes ou évènements étranges, dans une atmosphère presque familiale. Même si, dans un coin de mon esprit, je ne pouvais m'empêcher de penser à la suite.

Avant de partir, je demandai une dernière faveur à Fernando.

— Je sais ce que tu veux mon grand. Tu souhaites récupérer le totem c'est ça ?
— Oui, répondis-je presque gêné, si cela ne vous dérange pas.
— Tu peux le prendre, me dit-il toujours souriant. Après tout, il est à vous.

Je pris donc le second totem et le glissai dans mon sac aux côtés du premier. Puis, je me joignis à Adelina qui le remerciait pour son aide, mais aussi pour nous avoir sauvés en 1987. Florbela décida de rester un peu avec son ami. Elle avait toujours voulu éviter ce qui se produisait aujourd'hui. A présent, elle devait avoir besoin de soutien.

Séléné

Sur le trajet du retour, Adelina me proposa de rester aux Tournesols durant mon séjour sur Coloane. Le centre n'accueillait que quatre enfants en ce moment et il restait des chambres libres.

En ce début de mois d'août, la concentration de touristes présents sur l'île était impressionnante. Je comprenais mieux pourquoi je n'avais pas réussi à dénicher un endroit où dormir en préparant mon voyage. J'acceptai donc volontiers son offre.

J'avais soif et l'invitai dans l'un des petits cafés de la place du village. Installés en terrasse, c'était le moment idéal pour faire davantage connaissance.

J'amorçai la discussion :

— Alors comme ça, mademoiselle sait conduire un bateau ?
— Et oui, lança-t-elle. Je ne suis pas exploratrice mais j'ai malgré tout quelques talents. Je vais en mer

avec Fernando depuis toute petite et j'ai appris à naviguer vers quatorze ans si je me souviens bien, précisa-t-elle.

— Ok, et tu travailles depuis longtemps au centre ?
— Ça va faire bientôt deux ans, mais c'est temporaire. Enfin, un peu comme tout ce que j'ai fait avant, dit-elle résignée.
— Tu n'as pas encore trouvé ta voie ?
— Oui et non. Après mes études, j'ai multiplié les petits boulots. Celui que je fais actuellement me correspond le plus, et en même temps, ça me permet d'aider maman.

Une serveuse vint prendre notre commande et je poursuivis :

— Tu as étudié dans quel domaine ?
— Éducation. Au départ je voulais être institutrice, mais ça ne s'est pas passé comme prévu… Enfin, bref, parlons un peu de toi, tu vis en France alors ? Il paraît que c'est un beau pays.
— Oui, enfin avec mon métier je vis un peu partout, lançai-je en riant.
— Tu as l'air de beaucoup voyager, dit-elle rêveuse. Tu fais quoi exactement ?

Je bus une gorgée de thé froid et lui expliquai en quoi consistait mon métier.

— Tu n'as jamais voyagé ? lui demandai-je.
— Je suis allé une fois à Hong-Kong par curiosité mais c'est trop... démesuré pour moi. Sinon, je ne suis pas sortie très souvent de Macao. Je ne me suis jamais trop éloignée de maman en fait. Elle a été malade il y a quelques années, je me suis beaucoup occupée d'elle...
— Et la curiosité ne t'a jamais poussée à chercher d'où tu venais vraiment ? ajoutai-je.

Elle hésita un instant et dit :

— Je crois que je me suis toujours satisfaite des réponses qu'on me donnait. Et toi, pourquoi avoir attendu si longtemps pour trouver des réponses ?
— Je ne me sentais pas prêt je pense, j'avais peur de savoir. En réalité, si je n'avais pas découvert ce totem, je ne serais pas là aujourd'hui.

Puis, la conversation dévia en toute logique sur le totem et ses mystères.

— Toutes ces histoires, celle de ma mère, de Fernando et la tienne, ça semble si... irréel.

— Je sais bien, lui répondis-je, conscient de l'invraisemblance de mes découvertes. Mais tu es d'accord avec moi, il y a quand même beaucoup d'éléments intrigants ?

— Ça oui, rétorqua-t-elle. Et cette marque sur notre nuque, tu penses qu'elle signifie quelque chose ?

— Il semble que oui. Je ne sais pas encore quoi, mais dans tous les cas elle est liée à toute cette histoire.

Pensive, Adelina se confia :

— Tu sais, j'ai toujours rêvé d'avoir un frère quand j'étais petite, avec qui partager tout ça. Lydia est arrivée trop tard, à l'âge de cinq ans. J'en avais déjà quinze et notre différence d'âge fait que je n'en ai jamais vraiment discuté avec elle. Si j'avais eu quelqu'un, tout ça aurait peut-être été plus simple à vivre.

De mon côté, je n'avais pas du tout vécu la situation de la même manière. J'avais bien évidemment ressenti des périodes de solitude et d'interrogations, cependant mes parents adoptifs s'étaient toujours rendus disponibles pour m'aider à les surmonter.

— Tu n'avais pas d'amis à l'école ou dans le centre ?

— Si bien sûr, mais j'ai toujours eu du mal à m'ouvrir aux autres. Je me sentais différente et incomprise, donc je ne parlais pas de mes soucis.

— Et bien maintenant tu m'as moi, lui répondis-je en souriant.

L'après-midi, Adelina me fit visiter l'île. Elle me montra l'école qu'elle fréquentait, les endroits où elle jouait, le coin de plage sur lequel elle s'isolait. Posés sur le sable, elle insista pour communiquer en portugais en échange, comme convenu, d'un futur cours de français. J'avais toujours eu une certaine facilité dans l'apprentissage des langues et Adelina semblait avoir la même capacité.

Nous avions prévu d'aller en mer le lendemain matin. La météo ainsi que les conditions de navigation étaient annoncées comme bonnes. D'après le GPS, la zone de notre découverte se situait à environ sept kilomètres des côtes, au sud-est de Coloane.

*
* *

7 août 2010

La nuit au centre fut de courte durée. La veille, Adelina et moi avions discuté une grande partie de la soirée avec Florbela, rongée par la culpabilité. Elle se sentait soulagée à présent, libérée d'un fardeau beaucoup plus lourd qu'elle ne l'avait imaginé. Et même si le sujet n'était pas clos pour autant, Adelina n'éprouvait plus aucune colère contre sa mère. Elle avait tenté de la protéger à *sa* façon.

Florbela nous prépara le petit-déjeuner ainsi qu'un pique-nique pour le midi. Pendant qu'Adelina rangeait les sandwiches dans sa sacoche, je récupérai mon téléphone satellite et mon GPS dont les batteries avaient chargé toute la nuit. Je contrôlai une dernière fois la présence des deux totems dans mon sac puis rejoignis Adelina à l'extérieur.

Il était à peine neuf heures et, sur le port, les terrasses ensoleillées étaient déjà pleines. A peine arrivés, Adelina se dirigea vers l'emplacement du *Santa Lua*. Au passage, elle salua quelques pêcheurs, sans doute des amis de Fernando. L'embarcation, un petit bateau de pêche côtière, était une sorte de pointu tel qu'on pouvait en voir au Vieux-Port de Marseille. Il était vieux mais paraissait solide. Elle sauta à l'intérieur :

— Je te laisse retirer les amarres ? me lança-t-elle.

— Avec plaisir, répondis-je en lui confiant mon sac.

Le moteur démarra et je grimpai à bord à mon tour. Dans la cabine, Adelina vérifiait le bon fonctionnement de la radio ainsi que la présence des gilets de sauvetage.

De mon côté, je mis en route le GPS et y introduisis les coordonnées. Le bateau quitta le port vers l'endroit où tout avait commencé vingt-trois ans auparavant.

Le temps était magnifique et la mer assez calme. A bord, Adelina et moi étions silencieux. Je me demandais où tout cela allait nous mener et j'imaginai qu'elle ressentait la même chose.

Environ quinze minutes après notre départ, Adelina commença à ralentir. D'après le GPS, nous étions arrivés sur place. Elle coupa le moteur et je sortis de la cabine pour observer les alentours. Il n'y avait rien à part la mer et les côtes à l'horizon. Ma sœur me rejoignit :

— Tu vois quelque chose, me demanda-t-elle.
— Non, rien de spécial.

Je sortis les deux totems de mon sac afin de voir si l'un d'eux réagissait à notre position géographique. Rien.

Trois heures s'écoulèrent sans que la moindre chose ne se produise. Adelina et moi commencions à nous lasser et une fois nos sandwiches engloutis, nous décidâmes de rentrer à Coloane. La piste semblait s'arrêter là et nous étions plutôt déçus du résultat de cette sortie en mer.

De retour aux Tournesols, Florbela lut aussitôt la désillusion sur nos visages. Pendant qu'elle discutait avec Adelina, je m'isolai un instant et téléphonai à Manon afin de la tenir au courant. Elle décrocha en quelques secondes et répondit d'une voix haletante :

— Allô Nico ?
— Oui. Tu as l'air essoufflée, tout va bien ?

Elle semblait agitée et reprit la parole :

— J'ai essayé de te joindre toute l'après-midi, tu faisais quoi ?
— On est allé en mer avec Adelina. On est resté trois heures aux coordonnées du carnet, mais il ne s'est rien passé, dis-je d'un ton désespéré.
— Attends, ne déprime pas, tu ne vas pas me croire mais j'ai mis le doigt sur un truc. C'est fou mais ça a l'air de fonctionner. Tu es assis ?

Abattu avant d'entendre sa voix, j'étais à présent tout excité de savoir ce qu'elle avait découvert.

— Et bien vas-y, ne me fais pas attendre plus longtemps, raconte-moi, lui répondis-je impatient.

J'imaginai l'étincelle dans ses yeux à ce moment de la conversation. Manon n'était pas du genre à s'avancer sans avoir d'éléments tangibles.

— Ok. La première fois que le totem s'est activé, c'était quand ? me demanda-t-elle.

Je réfléchis un instant puis consultai mon carnet pour avoir la date exacte.

— Le 26 juin dans ma chambre d'hôtel à Kashi, lui rétorquai-je en me préparant à entendre sa théorie. C'était en début de soirée, pourquoi ?
— Pas d'évènements particuliers ce jour-là ? ajouta-t-elle.

Sa question n'était pas anodine. Je devinai un léger sourire au coin de ses lèvres. Je réfléchis quelques secondes, essayant de me souvenir si quelque chose de spécial s'était passé peu de temps avant l'activation du totem, et répondis d'un ton las qui contrastait avec son excitation :

— Rien d'extraordinaire à ma connaissance. C'est bon, tu as fini de jouer avec moi ? Tu vas finir par me dire à quoi tu penses ?
— La pleine lune Nico, la pleine lune ! Quand tu es rentré le mois dernier, j'étais fatiguée car j'avais mal dormi le samedi soir à cause de la pleine lune. C'est cette nuit-là que le totem s'est activé en Chine. Et au labo la dernière fois…
— C'était la pleine lune, dis-je en terminant sa phrase.

Je me souvenais l'avoir vu sur le cadran du Gros-Horloge avant son coup de téléphone depuis l'I.M.R.
Elle ajouta :

— Et je pense avoir une idée sur la raison de l'emballement de la pierre dans ta chambre d'hôtel. La nuit du 26 juin, il y eu une éclipse lunaire, ça pourrait l'avoir perturbée.

A aucun moment je n'avais fait le lien. Manon avait vérifié à l'aide d'un calendrier lunaire et le phénomène s'était déclenché les deux fois lors d'une phase de pleine lune.

— Tu as toujours ton calendrier sous les yeux, lui demandai-je ?

— Oui, sur mon écran. Dis-moi ?

— Tu peux remonter en 1987 et vérifier la date du 4 septembre ? C'est la date à laquelle Fernando nous a découverts.

— Bien sûr, attends un peu.

J'entendis quelques clics de souris et Manon annonça :

— Non, rien le 4 septembre. Par contre, j'ai une pleine lune le 7.

Je feuilletai les pages de mon carnet et m'arrêtai net. Le 7 septembre 1987 correspondait à la date à laquelle Florbela affirmait avoir vu la pierre bleue du second totem scintiller. Je donnai l'information à Manon et essayai de faire du tri dans ma tête.

— Nico, je me trompe peut-être mais d'après moi, les totems s'activent à chaque pleine lune. Et la prochaine est le 24 août.

Si Manon avait raison, tout n'était pas terminé. Retourner en mer la nuit du 24 août pourrait peut-être apporter de nouvelles pistes.

A peine raccroché, je toquai à la porte de la chambre d'Adelina afin de partager avec elle ces nouvelles informations. Elle ne dormait pas encore et m'écouta avec attention. En quelques minutes c'était décidé. Le 24 août, nous retournerions au large de Coloane.

La traversée

Je n'avais pas prévu de rester autant de temps à Macao. Dès le lendemain, je contactai Rubeli et l'informai de mes avancées. Avant de partir, je lui avais parlé de mon absence pour raisons personnelles. Cette fois, je dus faire le lien avec le totem pour le convaincre de m'accorder du temps supplémentaire. Je lui racontai donc tout ce que j'avais découvert, y compris la raison pour laquelle je devais rester jusqu'à la prochaine pleine lune. A la fin de mon monologue, il resta silencieux et me dit après quelques instants de réflexion :

— Écoute Nicolas, je suis d'accord pour que tu restes sur place et que tu en apprennes plus sur tout ça. Je vais mettre quelqu'un d'autre sur la recherche du manuscrit bouddhiste et lui transmettre ton premier rapport. Enfin, si c'est bon pour toi ?

Sa réponse me surprit.

— Je…euh oui bien sûr, pas de souci, balbutiai-je.

— Et j'aimerais que tu m'envoies des photos de ce second totem, demanda-t-il. Ainsi que des copies de tous les documents que tu as en ta possession.

Je n'avais pas été tout à fait honnête avec lui ces derniers temps et n'étais donc pas en position de lui refuser quoi que ce soit. Son vif intérêt pour le sujet était compréhensible, son musée ayant découvert la plaque permettant de traduire les logogrammes.

— Très bien, je vous transmets ça le plus vite possible, répondis-je.

D'un ton plus paternaliste, il ajouta :

— Dès que tu as du nouveau, la moindre petite chose, contacte-moi. Plus de cachotteries à partir de maintenant, c'est compris ?... et puis tu m'envoies une photo de ta sœur, hein ?

— Euh oui.

Et il raccrocha.

Le jour même, confus, je lui envoyai le tout par mail.

*
* *

Mon portugais s'améliora à une vitesse incroyable, tout comme le français d'Adelina. Mon vocabulaire en cantonais, la seconde langue parlée sur l'île, demeura quant à lui bien moins développé.

Logeant sur le centre, je pus rencontrer Lydia et faire connaissance avec les enfants recueillis par Florbela. Je me sentis très vite proche d'eux, même si je n'avais aucun souvenir de mon séjour ici. Il m'arriva quelques fois, avec Adelina et Lydia, d'accompagner le groupe en sortie et de participer à la vie du centre.

La majeure partie du temps, Adelina et moi le consacrions à nos recherches. D'autres personnes étaient peut-être apparues dans des circonstances similaires aux nôtres. Nous nous étions donc rendus à Macao et à Hong-Kong afin de consulter les archives des cinquante dernières années, en vain. De retour à Coloane, nous avions interrogé les amis de Fernando, tous marins, mais seule notre découverte était évoquée. Il fallut bien se résigner : nous étions les seuls.

Durant les jours qui suivirent, je rappelai Manon deux ou trois fois afin de prendre de ses nouvelles, mais son esprit était ailleurs, complètement absorbé dans un gros projet pour l'I.M.R.

Adelina et moi rendions souvent visite à Fernando. Sa santé était encore fragile et un peu de compagnie lui faisait du bien. Cela m'avait permis de nouer un lien amical avec lui, lien que ma sœur se vantait d'avoir contribué à créer.

De temps à autre, elle prenait les commandes du *Santa Lua* et m'emmenait parcourir les côtes de l'île. Lors de ces escapades, entre nos longues discussions, elle en profita pour m'apprendre les rudiments de la navigation.

Puis, le jour tant attendu arriva. Ce jour où le totem était censé s'activer de nouveau. Il était un peu plus de 22h00 lorsque Adelina me rejoignit au port. Elle avait dû rester un peu plus tard au centre avec les enfants en attendant le retour de Florbela. Pendant ce temps, j'avais installé le nécessaire dans la cabine : lampes torche, GPS, sandwiches et boissons et couverture au cas où la nuit se rafraîchirait.

Son sac sur le dos, Adelina grimpa à bord.

— Prêt ? me demanda-t-elle.
— Bien sûr et toi ?

— Un peu anxieuse mais je suppose que oui, dit-elle en démarrant le moteur du *Santa Lua*.

Elle regarda autour d'elle et ajouta :

— Je vois que tu as tout prévu en tout cas.
— J'ai essayé de penser à tout, on verra au moment venu si j'ai bien fait mon travail.
— Mets ton gilet de sauvetage, ce sera déjà un bon début. N'oublie pas qu'on est censé essuyer une tempête si tout se passe comme prévu.

La nuit était bel et bien tombée lorsque le bateau arriva aux coordonnées, mais la pleine lune nous permettait de voir très distinctement autour de nous. Un léger vent soufflait sans parvenir à réchauffer la température ambiante. Adelina coupa le moteur et je regardai les vaguelettes créées par notre arrivée s'estomper. En quelques instants, la surface de la mer était redevenue quasi-plane. Ma sœur me rejoignit sur le pont et s'assit à mes côtés.

— Tu crois qu'il va se produire quelque chose cette fois ? me demanda-t-elle.

— Je ne sais pas, lui dis-je, mais j'ai envie d'y croire. Et j'ai bien l'intention de rester ici tant que rien ne se passe. J'espère que tu es motivée ?

— Tu rigoles ? Une nuit à la belle étoile en pleine mer, j'ai attendu ça toute ma vie, rétorqua-t-elle moqueuse. Mais avec mon frère, c'est autre chose, avoua-t-elle en mettant sa tête sur mon épaule.

Après deux heures, j'avoue que ma motivation du départ était quelque peu retombée. Pendant que je mettais à jour mon carnet, Adelina peinait à rester éveillée.

Tout à coup, je redressai la tête, envahi par une curieuse sensation. Je me levai aussitôt, jetai un œil alentour mais ne distinguai absolument rien. La pleine lune était toujours visible, pourtant sa lumière ne se reflétait plus sur la surface de la mer. Le ciel était comme coupé en deux, une partie lumineuse inaccessible et une seconde, obscure, se confondant avec les flots. L'absence totale de bruit et de vent renforçait l'impression d'être perdu au milieu d'un immense trou noir. Je réveillai Adelina et compris que je n'étais pas le seul à ressentir cette atmosphère oppressante.

— Que se passe-t-il ? murmura-t-elle.

— Je n'en ai aucune idée, répondis-je, mais quoi que ce soit, ce n'est pas normal.

Le son de nos voix était étrange, étouffé, comme si nous étions enfermés dans une pièce exiguë et hermétique. Adelina saisit une lampe torche et l'alluma en direction de la mer, mais le faisceau disparut dans le vide sans rien éclairer. De mon côté, je vérifiai le GPS mais il ne détectait plus aucun satellite. J'essayai ensuite le téléphone, pas de tonalité.

La situation était pesante et inquiétait Adelina. De mon côté, je réalisai qu'en cas de tempête trop violente, le *Santa Lua* ne résisterait pas longtemps aux assauts d'une mer déchaînée.

Elle s'arrêta net et baissa les yeux. Je suivis son regard. A mes pieds, une lueur verte et un léger bourdonnement s'échappaient de mon sac.

Je n'eus même pas le temps de sortir le totem. Une colonne de lumière jaillit vers le ciel dans un craquement violent qui brisa le silence. Le *Santa Lua* tangua dangereusement et Adelina faillit basculer par-dessus bord tandis que je chutai en arrière. Je lâchai le sac entrouvert et les deux totems se retrouvèrent sur le sol. Cette fois-ci, la pierre de jade émettait un rayonnement continu qui transperçait la nuit et permettait de voir de nouveau alentour. La mer, très calme jusqu'alors, s'agitait de plus en plus. Adelina et moi étions assis, nos mains protégeant nos oreilles du bruit environnant.

Afin d'échapper à la tempête qui se levait, elle courut vers la cabine et tenta de redémarrer le bateau pour quitter la zone, mais ce dernier ne réagit pas.

Autour de nous, les vagues et les rafales de vent s'intensifiaient et nous secouaient avec vigueur. J'étais certain qu'à tout moment, le *Santa Lua* pourrait se briser en deux tel un brin de paille.

Soudain, le rayonnement perdit un peu de son intensité. Un léger voile s'en échappa et nous enveloppa dans une immense bulle lumineuse. Jouant le rôle de protection, la bulle ramena le calme autour de nous. Immobile, le bateau n'était plus assailli par la tempête qui continuait pourtant à faire rage au-delà de la lumière. Je ressentis alors une véritable oppression, une force invisible comprimant ma poitrine et rendant ma respiration très difficile. Paniqué, je tentai de rejoindre Adelina. A mi-chemin, épuisé, je m'affalai sur le pont et roulai vers le bord.

Un bruit interminable se fit entendre, semblable à du tissu qu'on déchire, et le *Santa Lua* trembla avec violence. Je me relevai avec difficulté, m'approchai du bastingage et découvris avec horreur la fissure béante qui s'ouvrait petit à petit dans la mer. La bulle de lumière commença à se rétracter tandis que la fissure se transformait peu à peu en gouffre prêt à nous engloutir. Adelina accourut pour me protéger quand le bateau bascula brusquement. Les eaux noires de la mer de Chine nous recouvrirent en quelques secondes.

*
* *

Je me réveillai en sursaut, allongé sur le pont. A la limite de l'asphyxie, je toussai à plusieurs reprises puis réussis à prendre une grande inspiration. Il me fallut au moins une minute pour retrouver un souffle normal. Je tournai la tête et vis Adelina endormie près de moi. Je venais de faire un horrible cauchemar et sa présence me rassura aussitôt. Je me redressai et frissonnai pendant quelques secondes. Malgré un ciel d'un bleu éclatant et un soleil radieux, la température s'était nettement rafraîchie. Je récupérai donc la couverture dans la cabine et la déposai sur ma sœur. Je pris une bouteille d'eau dans mon sac et constatai avec amertume la présence des deux totems sagement rangés l'un à côté de l'autre. J'avais cru dur comme fer en la théorie de Manon, au point d'en avoir rêvé. Un rêve si réaliste que je sentais encore cette intense pression sur ma poitrine. Mais comme la fois dernière, il ne s'était rien passé.

Je décidai de laisser dormir Adelina encore un peu et pris les commandes pour regagner Coloane dont j'apercevais les côtes au loin. En arrivant au port, je ressentis une curieuse impression impossible à définir. C'était bien Coloane, mais l'ambiance semblait différente depuis notre départ la veille. Le village, très animé en cette saison, était trop calme en ce début de matinée.

Je grimpai sur le ponton pour amarrer le *Santa Lua* puis composai le numéro de Manon. La batterie du téléphone était presque à plat et je doutais que la conversation puisse durer plus de cinq minutes. Je vérifiai l'heure sur ma montre, espérant ne pas la réveiller, mais les aiguilles s'étaient arrêtées. Après deux sonneries, une voix faible décrocha :

— Allô ?
— Allô, c'est moi, je ne te réveille pas j'espère ? lui demandai-je.
— Qui ça « moi » ? dit-elle d'un ton sec.
— Bah, Nico. Tu sais, Rouen, plutôt bel homme, aventurier, drôle, …
— Si c'est une blague, ça ne me fait pas rire du tout, rétorqua-t-elle énervée.

Et elle raccrocha.

Le téléphone collé à l'oreille, je restai un instant bouche bée sur le ponton. Il ne faisait aucun doute que je l'avais sortie de son sommeil. Je recomposai le numéro et dus attendre bien plus longtemps avant qu'elle ne décroche. Au bout du fil, le silence.

— Allô Manon ?

Toujours le silence

— Je suis désolé si je t'ai réveillée... Je voulais juste te dire que l'hypothèse de la pleine lune ne fonctionne pas. Rien ne s'est passé cette nuit, donc je...

Je m'arrêtai et entendis des sanglots étouffés. Manon me répondit enfin, la gorge serrée :

— C'est bien toi Nico ?
— Oui, bien sûr, qui veux-tu que ce soit ? dis-je étonné. Tu vas bien ? Il est arrivé quelque chose ? ajoutai-je, déstabilisé par sa réaction.

Manon fondit en larmes. Je ne savais pas quoi dire et espérais que rien de grave ne s'était produit.

— Où étais-tu ? finit-elle par articuler.

— En mer, comme prévu. Pourquoi tu me demandes ça, on en a parlé au téléphone il y a quelques jours.

Elle paraissait complètement perdue.

— Mais… Ça fait bientôt huit mois qu'Adelina et toi êtes portés disparus, huit mois que tout le monde vous cherche.

Sans les pleurs, j'aurais cru à une plaisanterie.

— De quoi tu parles ? On est parti hier soir, dis-je inquiet.
— Vous êtes partis le soir du 24 août 2010. On est le 13 avril 2011 aujourd'hui Nico. Tu entends, le 13 avril 2011. Qu'est-ce ce qui s'est passé ?

Je décollai le téléphone de mon oreille le temps de vérifier la date sur l'écran : 13 Avr. 2011. Manon disait vrai. Je restai un instant sans dire un mot.

— Tu es toujours là ?
— Oui, j'ai… je… je ne comprends pas, bégayai-je incrédule.
— Tu ne te souviens de rien ? me demanda-t-elle.

— Non, enfin rien de spécial. On a pris le bateau hier soir pour se rendre aux coordonnées et on s'est endormi. Je me suis réveillé ce matin et on est rentré au port.
— Et Adelina ?
— Elle est encore à bord, elle dort toujours.

Le téléphone bipa, la batterie était déjà presque à plat.

— Tu dois la réveiller, insista Manon. Elle doit forcément savoir, vous ne pouvez pas avoir oublié les huit derniers mois tous les deux.
— Tu as raison. Écoute, le téléphone va couper, je n'ai presque plus de batterie. Je la réveille et je te rappelle très bientôt, ok ?
— D'accord. Pendant ce temps, je préviens tes parents et le ministère des Affaires Étrangères.

A la fois bouleversée et rassurée, elle ajouta :

— J'ai vraiment cru t'avoir perdu Nico. Tu n'imagines pas à quel point j'ai eu peur de ne plus jamais te revoir.

Pensif, je demeurai un moment sur le quai. Ma réflexion fut de courte durée, interrompue par le réveil agité d'Adelina. J'accourus vers le bateau et sautai à l'intérieur pour lui venir en aide. Elle suffoquait et avait du mal à reprendre sa respiration. Je la mis sur le côté et lui pris la main.

— Calme-toi Adelina, tout va bien. Respire.

Elle réussit à reprendre son souffle et murmura :

— J'ai fait un affreux cauchemar.

*
* *

Adelina recouvra ses esprits et me raconta son rêve, en tout point identique au mien. Elle ressentait également la même douleur à la poitrine.

— Il y a autre chose, lui dis-je. J'ai appelé Manon et… il semblerait qu'on soit porté disparus depuis… depuis huit mois.

Je lui montrai l'écran du téléphone pour illustrer mes paroles. A la lecture de la date, elle prit peur.

— Quoi ?? Mais ce n'est pas possible, s'énerva-t-elle d'une voix tremblante. On est parti hier soir. Et je ne me souviens de rien ! Il y a forcément une explication n'est-ce pas ?

— Je ne sais pas, je ne comprends pas non plus. On va tenter d'éclaircir tout ça, mais d'abord, on devrait rentrer aux Tournesols pour rassurer Florbela. Si tout ça est réel, elle doit être désespérée.

Sur le chemin, Adelina s'arrêta à plusieurs reprises pour demander la date du jour aux passants. Elle obtenait inlassablement la même réponse : *le 13 avril mademoiselle*.

A notre arrivée, le centre semblait vide. Sur la porte, un avis de recherche avec nos photos était placardé. Adelina sortit le double de la clé et entra d'un pas décidé, arrachant l'affiche au passage. A l'intérieur, rien n'avait changé, si ce n'est la présence de nombreux articles relatant notre disparition punaisés sur les murs de l'accueil.

Pendant qu'Adelina tournait en rond et jurait en portugais, je mis mon téléphone à recharger. J'allumai ensuite le GPS mais il s'éteignit aussitôt : *batterie faible*. Une fois branché, je le remis en route et contrôlai le dernier trajet mémorisé dans l'historique de l'appareil. Il correspondait à celui du 24 août 2010. Rien d'autre depuis cette date. Je vidai mon sac sur le comptoir à la recherche d'indices, et un élément me sauta tout de suite aux yeux. La pierre du second totem avait repris vie, elle était d'un bleu étincelant et parfaitement translucide.

Je m'apprêtai à interpeller Adelina mais autre chose attira mon attention. J'attrapai mon carnet et commençai à feuilleter les pages une à une, stupéfait. Depuis le début de cette aventure, j'avais complété environ trente pages. A présent, il était rempli jusqu'à la dernière, soit plus d'une centaine de pages supplémentaires. Et il s'agissait bien de mon écriture.

— Adelina, je crois que j'ai trouvé quelque chose, murmurai-je.
— Pardon ? dit-elle en s'arrêtant net.

Je me laissai tomber dans le sofa et elle s'installa à mes côtés.

— Tout est là, lançai-je excité. On n'a aucun souvenir mais tout est consigné dans mon carnet. Regarde, ajoutai-je en faisant défiler les pages depuis celle du 24 août jusqu'à la dernière.

— Je suis perdue là. Qu'est-ce que ça veut dire ? demanda-t-elle, fébrile.

— Ça veut dire qu'en lisant ces pages Adelina, on saura tout ce qui s'est passé lors de ces huit derniers mois.

Elle marqua un temps d'arrêt.

— Attends. Je veux tout autant que toi le découvrir, mais je dois d'abord rassurer Florbela. Elle doit être si inquiète.

Elle marmonna en portugais puis me lança :

— Suis-moi, je sais où la trouver.

J'eus à peine le temps de refermer le carnet et de le ranger dans ma sacoche qu'elle était déjà partie. Déterminée, elle sortit du centre et se dirigea tout droit vers Saint François-Xavier.

Il était encore tôt et le village commençait à peine à s'animer. Sur le court chemin nous séparant de la chapelle, quelques habitants intrigués nous dévisagèrent, tels des revenants.

Adelina poussa la porte d'entrée, laissant pénétrer quelques rayons de soleil dans le sanctuaire. Elle se figea, cherchant du regard sa mère adoptive puis cria :
— Mama !

Florbela n'en croyait pas ses yeux. Assise près de Fernando, elle se précipita vers elle. Elle la serra le plus fort qu'elle put, comme si elle craignait qu'elle ne soit pas réelle.
Je restai en retrait, frustré de n'avoir personne à retrouver pour le moment. Pleurant de joie, Florbela relâcha son étreinte puis s'avança vers moi.
La gifle qu'elle me donna interrompit les retrouvailles.

— Qu'as-tu fait de ma fille pendant tout ce temps ? hurla-t-elle.

Sa voix résonna dans la petite chapelle.

— J'étais persuadée qu'il arriverait quelque chose quand tu es arrivé ici !

Adelina resta en retrait, choquée par la réaction de sa mère adoptive.

Je ne savais quoi répondre. Au fond, elle avait raison. Peu importe ce qui s'était produit ces derniers mois, rien ne serait arrivé si je n'étais pas réapparu dans leur vie.

Il y eut un long silence. Puis, gênée, Florbela murmura :

— Pardon, je ne voulais pas… j'ai eu tellement peur…

— Je sais, je suis désolé, lui répondis-je en lui prenant la main.

Fernando s'approcha. Il paraissait en bien meilleure forme que la dernière fois et me serra la main avec énergie.

— Où étiez-vous pendant tout ce temps, demanda-t-il ?

Je lus dans son regard la joie de nous revoir en vie mêlée à une étincelle de curiosité.

— On ne sait pas encore, répondis-je. Mais je pense que les réponses sont là, dis-je en tapotant sur ma sacoche.

Adelina ajouta :

— On ne se souvient de rien, excepté notre départ hier... Enfin... il y a huit mois. Et notre réveil ce matin en mer.

Alors que j'ouvrais ma sacoche, elle poursuivit :

— Nico prend des notes lors de ses missions. Et même s'il n'en a aucun souvenir, il a complété son carnet ces huit derniers mois. Tout y est consigné mais on ne l'a pas encore lu.
— Alors lisons-le, lança Fernando d'un air enjoué.

Je sortis donc le carnet, le feuilletai et revins aux dernières lignes écrites le soir du 24 août dans le bateau. Je commençai la lecture à haute voix.

25 août 2010, lieu inconnu

Le goût du sel sur mes lèvres me fit tousser à plusieurs reprises. Les rayons du soleil caressaient mon visage et j'ouvris donc les yeux avec prudence. Il me fallut quelques dizaines de secondes pour m'adapter à la luminosité. Allongé sur le dos, je sentais le va-et-vient des vagues qui terminaient leur course à mes pieds. Je m'appuyai sur le sol pour me redresser et saisis une poignée de ce qui semblait être du sable humide. Une fois assis, je découvris face à moi une mer bleu turquoise qui s'étendait à perte de vue...

Epilogue

Jeudi 1er octobre 1987 – océan Pacifique, au large de l'Île de Pâques.

Cela faisait environ trente minutes que Teiki avait quitté Rapa Nui à bord de sa barque à moteur. Aujourd'hui, la pêche allait être bonne, il le sentait.

Il imaginait déjà le sourire de sa femme, Eeva, à la vue du superbe thon qu'il espérait ramener.

L'océan était plutôt calme ce matin et Teiki arriva sans encombre sur sa zone de pêche favorite

Alors qu'il s'apprêtait à couper le moteur de son embarcation, le bruit de ce dernier fût recouvert par un grondement assourdissant. Teiki tourna la tête et une vague gigantesque le projeta dans l'eau, brisant sa barque en morceaux.

Lorsqu'il remonta à la surface, une île était apparue dans l'océan.

Table des matières

04:14 9

La mer de la mort 23

La caverne de jade 37

Luminescence 49

Le départ 61

Retour aux sources 71

Le laboratoire 81

Catalyse 93

Révélations 105

Origines 119

Les Tournesols 133

1987 151

Puzzle 165

Fernando 179

Séléné 193

La traversée 205

Epilogue...227

Remerciements

J'ai commencé à écrire la base de cette histoire avec ma sœur, Céline, fin 2007. À l'époque, elle était professeur de danse dans une association située à Montville, en Normandie. De mon côté, je vivais déjà en Suisse depuis presque six ans et j'étais président de cette association de danse.

Chaque année, avec Céline, nous écrivions le spectacle ensemble. Le dernier s'appelait Taõnea.

Quelques mois après le spectacle, l'histoire me trottait toujours dans la tête et je me suis dit qu'il y avait matière à développer quelque chose de plus.

Et c'est comme cela que j'ai commencé à écrire, en 2009.

Un an environ avant de commencer l'écriture, le 19 juin 2008, mon cousin Nicolas est décédé. Il avait 23 ans. Il était sportif, un basketteur de talent. Et c'est sur un terrain de basket que son cœur s'est arrêté, à cause d'une maladie cardiaque génétique non diagnostiquée : une cardiomyopathie hypertrophique.

C'est en sa mémoire que j'ai appelé le personnage principal de cette histoire Nicolas.

Début de l'écriture en 2009, fin de la première partie en 2022. Treize années se sont écoulées. Treize années durant lesquelles j'ai écrit, laissé tomber, recommencé, abandonné, poursuivi, oublié, ... Treize années durant lesquelles j'ai également changé, vieilli, rencontré ma femme, eu des enfants, lancé une maison d'édition de jeux de société, ...

Et puis début 2022, j'ai décidé d'aller au bout. Cette première partie est désormais terminée. Elle est enfin concrète et son existence m'oblige à finaliser la suite.

Pendant ces treize années, de nombreuses personnes ont relu le manuscrit, m'ont encouragé, m'ont aussi laissé tranquille quand je n'avançais plus. Leurs noms ne vous intéresseront sûrement pas, mais j'avais envie de profiter de cet espace pour les remercier.

Tout d'abord, merci à ma sœur Céline d'avoir donné vie à la base de cette histoire avec moi.

Merci à mes premiers relecteurs, pendant les années 2009-2010, alors qu'il n'y avait que quelques chapitres : Ilir, Thierry, Manu, Élise, Émilie, ...

Merci également à mon relecteur anonyme dont je n'ai jamais su le vrai nom, juste un pseudo : L'Amibe_R Nard. Une personne rencontrée virtuellement via un forum d'écriture sur Internet en 2009 et qui m'a aidé et conseillé dans la construction de mon récit et des relations entre mes personnages.

Merci aux relecteurs de 2022, qui attendent la suite avec impatience : Arié, Xavier, Pierre, Olivier, ...

Merci à Pierre Litoux qui a su retranscrire avec talent ce que je souhaitais pour l'illustration de couverture du livre.

Merci au Bistrot du Concert à Neuchâtel, qui m'a accueilli très souvent au début de l'écriture avec mon ordinateur sous le bras et cette phrase : « Un chocolat chaud, comme d'habitude ? ».

Merci à monsieur Phal qui, en sortant son livre « Quoi de neuf, Philippe ? », m'a donné envie de reprendre l'écriture.

Merci aussi à vous, qui venez de lire cette première partie, et peut-être même ces pages de remerciements. Si vous avez passé un bon moment, n'hésitez pas à en parler autour de vous.

Et pour finir, merci à ma femme, Flavie, qui m'a toujours soutenu dans tous mes projets et que j'aime de tout mon cœur. A mes enfants pour le bonheur qu'ils m'apportent. A mes parents, mon frère et mes sœurs, pour m'avoir aidé à devenir ce que je suis.

On se retrouve bientôt pour la seconde partie de l'histoire.